Cristo de lama

ROMANCE DO
Aleijadinho de Vila Rica

JOÃO FELÍCIO DOS SANTOS

Cristo de lama

ROMANCE DO
Aleijadinho
de Vila Rica

1ª edição

Rio de Janeiro, 2014

© Herdeiros de João Felício dos Santos

Reservam-se os direitos desta edição à
EDITORA JOSÉ OLYMPIO LTDA.
Rua Argentina, 171 – 3º andar – São Cristóvão
20921-380 – Rio de Janeiro, RJ – República Federativa do Brasil
Tel.: (21) 2585-2060

Printed in Brazil / Impresso no Brasil

Atendimento direto ao leitor:
mdireto@record.com.br
Tel.: (21) 2585-2002

ISBN 978-85-03-00855-6

CAPA: HYBRIS DESIGN / ISABELLA PERROTTA
FOTO: GETTY IMAGES

Livro revisado segundo o novo Acordo Ortográfico da Língua Portuguesa.

CIP-BRASIL. CATALOGAÇÃO NA FONTE
SINDICATO NACIONAL DOS EDITORES DE LIVROS, RJ

	Santos, João Felício dos, 1911-1989
S235c	Cristo de lama: romance do Aleijadinho de Vila Rica / João Felício dos Santos. – 1. ed. – Rio de Janeiro: José Olympio, 2014.
	192 p. ; 21cm
	Inclui bibliografia
	ISBN 978-85-03-00855-6
	1. Aleijadinho, 1730-1814 - Ficção. I. Título.
	CDD: 869.923
14-06553	CDU: 821.134.3(81)-3

Nuvens temporãs andaram escondendo o pico do Itacolomi dentro de um fumeado triste.

Dia todo foi assim: embuçada nos mesmos bordados de umidade, a serraria inteira sumia o roxo de mil quaresmas onde a prata macia das embaúbas se misturava com rudes pontas de puro itabirito.

Era em Vila Rica.

Abrindo para os sertões de Currais Novos, a estrada real vinha dos pretos da noite trazendo por idos sulcos um rastro tenebroso afundado no barro vermelho.

Eram pegadas trôpegas, sempre mais calcadas do lado de dentro, sempre tortas nas pontas onustas.

Na insegurança dos passos, o rastro sinuoso pelo cansaço variava enfestando a largura do caminho. E, em rombas covas, transversava compridas abesanas deixadas ao longo da estrada, riscadas tremidas pelos viajantes carros pejados de um tudo.

Cada vez mais arrastadas, as marcas terminavam, por fim, no alto das Mercês, sob o solado grosso de duas botinas enormes, rotas nos gaspeados sem atacas.

Subindo das feias botinas, pesadas de lama até nos canos estourados, pernas finas e arqueadas equilibravam penosamente um tronco atarracado, sem prumo, oculto numa capa larga de largos panos. O pescoço de boi velho amparava, com a mesma dificuldade, cabeçorra mulata e uma fortíssima coma derramava-se, sem limites definidos, por sobre barba curta mas intrincada como um carrascal.

Cor de âmbar velho, os colmilhos gastos mordiam desesperos na enormidade da boca.
Abril de 1810.
Mestre Antônio Francisco Lisboa, o imaginário das Minas Gerais dos Goitacazes, tinha quase 80 anos.

Por muito tempo, debaixo da garoa encorpada dos primeiros frios do ano, o mestre ficou olhando parado, oscilando o corpo nas dobras da capa negra. De repente, marrando brutalidade escoteira, os braços surgiram dos refolhos laterais e ergueram bem alto angústias machucadas:

— Cavalo! O cavalo do santo! — tateando por seguranças impossíveis nos nadas da noite, o Aleijadinho procurou amparar-se. Braços abertos, dedos precatados na busca aflita, resvalou o olhar vivo nas fulgurações da aura pelas pedras da rua.

As lajes, grandes, desciam grandes paciências para o centro da vila. Embaixo, bem em frente à cadeia da Casa da Câmara, ainda nunca terminada, isolava-se o tenebroso poste do escarmento, sempre faminto por ostentar eventuais cabeças de esquartejados pela vontade de El-Rei.

Para os escravos, porém, existia a estaca empaladora no terreiro do Bom Jesus de Matosinhos do Alto das Cabeças. Lá, tão longe da vida, tão longe de tudo, São Miguel de Fora, em sua estátua abatumada, zelava vigílias imensas nos olhos dos corvos pelos cativos justiçados.

— O cavalo! O cavalo de São Jorge! Deem-me o cavalo... — esmagado na cara decrépita, o nariz grosso transpirava sensualidades passadas.

A rua dos Perdões! Candeias de óleo bruto, protegidas pelos beirais muito longos no azul anil das telhas de louça, em canudos, encimadas por lambrequins do Porto, acompanhavam os tortuosos da ladeira, iluminando silêncios.

Dentro da hora velha, a Igreja de São Francisco de Assis enrolava suas torres.

Logo, de um dos bastiões em quina do palácio do governador, rompeu o brado cavo de alerta, da rotina provinciana:

— Dez horas da noite! Tudo dorme na... — a coronha da arma, batendo securas no lajeado, triscou a paz do beco.

Então a aura eclodiu:

— O cavalo... Deixem-me! Quero montar... Hei de montar no cavalo do meu São Jorge! — mutilado no grotesco das desproporções, o Aleijadinho balançava ansiedades, só preso ao solo pelas botinas tortas. — Lá está o santo! Quero varar futuros! Deixem-me galopar! Quero afundar nos anos que hão de vir... sempre... muitos... uns atrás dos outros! Galopar cada vez mais... Galopar com São Jorge para todo o sempre... para todo o sempre... — queixo áspero e testiculoide, o imaginário trazia gravada em sua própria figura toda a lascívia e exotismo de suas espantosas criações. O Aleijadinho certamente bebera da água nefanda do chafariz de Pedro Ataíde, cheia dos lúbricos sortilégios de Helena, a feiticeira bonita do Carrapichão de Baixo.

Tentando sempre montar no cavalo fantasma, o corpo massudo rodopiou em torno de si mesmo, fendeu o escuro de em volta e caiu de borco na lama do chão.

— ...paz do Senhor nas Minas Gerais! — o brado soturno da sentinela perdeu-se inteiramente no oco das ruas.

Depois, tudo adormeceu de novo.

Subindo apreensões de sua casinha no canto da rua Detrás de Antônio Dias, Joana Lopes — a aparadeira — deitou um xale sobre os cabelos e saiu em procura do sogro doente.

Galgando Perdões, Joana sabia que o Aleijadinho só podia estar era ali mesmo: — é que, por último, atormentado pelo infortúnio, pelas mazelas, o velho gostava de se largar pelas cercanias daqueles altos, como que sungado pelo vento, a dominar sua querida vila para as certezas de uma Glória.

Seios fartos balançando solturas dentro do agasalho frouxo, morena e gordinha, a parteira só deu pelo sogro buscado quando quase o pisa na escuridão do largo. Assustada (não fosse um bêbado mole ou o corpo de algum escravo assassinado à malta), a mulher já se dispunha a fugir quando, reconhecendo o Mestre pelo aleijão dos pés, parou emborcada no sobressalto e na piedade.

De imediato, agachou-se para erguê-lo, para conduzi-lo à casa em que moravam juntos desde o agravamento dos males de ambos. Foi quando, ao tentar ajeitar-lhe os braços tortos, reparou na mão disforme a escarvar a terra em movimentos convulsos. Joana abaixou-se mais e permaneceu por longo tempo acompanhando os acordes daqueles dedos comidos pela moléstia onde a harmonia crispada das contrações dava ao barro pagão a divindade de uma forma. Cada movimento fundia em um só gesto todos os gestos apenas permitidos às mãos marcadas por um privilégio.

Esquecida de tudo, Joana — a Samaritana, como o Aleijadinho a apelidara — extasiava-se com a visão maravilhosa do nascimento de uma obra criada pelo gênio de um homem: acordando aos poucos, mas debatendo-se ainda no período mais agudo de sua desesperada crise, o Aleijadinho ia esculpindo, laboriosamente, na lama do chão, uma pequenina cabeça de Cristo.

Joana principiou por lembrar-se da música viva na sequência das mãos dos apóstolos presa para os definitivos no Passo da Última Ceia, pela Arte enorme do sogro, quando, quinze anos antes, seu onglete mágico esculpira todos os impossíveis em pedra-sabão no adro da basílica do Senhor Bom Jesus de Congonhas do Campo.

— Naum... Habacuc... Baruc... Daniel... Daniel...

Ainda agachada, a parteira associava quadros: a mão doente, também agora melodia e ritmo, adiantava-se na feitura da pequena cabeça de lama, como se ela por igual, como as mãos de cedro dos apóstolos, constituísse um todo à parte, inteiramente libertado do resto do corpo.

Afinal, joelhos muito separados, a mulher levantou os braços para o céu, bem alto, dedos sarandamente espalhados em súbita histeria, soluçou os peitos fartos e jogou-se para trás, de chofre, largando-se de costas entre os calcanhares enlameados.

Depois, arrepelando as coxas nuas com as unhas, arreganhou a boca em terrível ricto, estilhaçou um grito dentro da quietude mansa da noite e ficou espasmada olhando os infinitos com os olhos parados e o queixo espetado no ar.

Novo silêncio pesou sobre o largo das Mercês. Um gazeado de paz, transbordando pela ladeira, afogou a vila até lá embaixo onde os homens dormiam cansados de labutas passadas. Os homens já esquecidos de todas as desgraças provocadas pela brutal cata do ouro tantas vezes sangrada em épocas mortas naquela mesma terra tosca e malsinada.

Ouro das bandeiras... 1704. Ouro podre do mascate Pascoal da Silva; ouro preto das minas enterradas debaixo da Matriz do Pilar... da Igreja do Rosário dos negros cabindas... 1720. Ouro fino, ouro em pepitas de aluvião, ouro de enxurrada... 1735. O ouro das encostas e dos terrenos desbancados pelas levadas de água do córrego Tripuí... do rio Funil... 1753. Ouro das catas abandonadas pelos aven-

tureiros partidos em busca dos diamantes... 1759. Ouro morto... 1804. Ouro...

E, em cada curva de todos os caminhos, foram-se levantando rápidas cruzes, todas elas testemunhas humildes de humildes tragédias, sempre comuns aos pioneiros desassombrados.

Nos braços dessas solitárias cruzes, comum também aparecer casinhas abandonadas de joão-de-barro, marcos silenciosos de silenciosos dramas, sempre fatais a esses bulhentos passarinhos.

Apenas na galharia mais alta, um tucano isolado em seu vasto bico amarelo persiste indefinidamente, berrando absurdos coloridos na solidão imensa dos grandes cerrados.

Madrugada seguinte encostou festiva nos gritos do sol. Entre o gado miúdo ajuntado pelos frios no alto das Mercês, galinhas ciscavam na pisada curta dos leitões. Dois cabritos (já em tempo de capa) marravam-se aos pinotes, em escaramuças vadias. Um, colhendo o outro, de súbito, pelo meio da testa ainda mocha, arremessou-se ao chão. Isso, ao pé da igreja, no lugar exato onde, de véspera, Joana — a aparadeira — havia dado com o sogro doente. Tentando erguer-se, o vencido escorregou e, falseando a pata em risco fundo, desmanchou num átimo o pequenino.

1

Paineiras em flor, desde longe, ponteavam festa-rosa por todo o rude caminho dos rudes Camargos.

Agora, para as frescas preguiças da noite, os bandeirantes de Taubaté acampavam pela última vez na última encosta da serra prometida.

— Ouro!

Boiando nas macias promessas e nas mais seguras informações, era bem ali naqueles riachos ao pé da serra que ouro brotava do chão com a difusa força dos ipês nas galas.

Por isso, desde o sem-fim das léguas, varando mundos vários, Breno de Góis — o Sabedor — trazia na mira verde dos olhos o pico das esperanças largadas: o Itacolomi.

Eram noventa homens atentos, clavinotes de bom adarme na pólvora muita, escravos satisdados na faca para os alertas de todas as horas (não fosse ataque noturno de fera faminta; não fosse furto descarado de corno ladrão; não fosse espanto de flecha rompendo traições...)

Eram noventa desalmados contra tudo: índios, febres, aventuras, bichos...

Entre tão bruta gente, só a doçura humilde de padre João de Faria representava teriaga de Deus naqueles matos, naquele ano de 1696.

2

Mas, apenas largados os pesos no solo para a ração e para o descanso das bestas, o Sabedor se abismou na mais estourada das surpresas: entre a neblina que começava a apagar grosso todo o vale, Breno de Góis ainda acertou em distinguir lá embaixo, já estabelecido em despidos tugúrios de palha-indaiá, o acampamento alegrinho do paulista Antônio Dias, o valente seguidor de Borba Gato, de Arzão, de Fernão Dias Paes.

E que o Gordo, temível caçador de puris e coroados, dando sabida volta às elevações de Itaverava (nem tomando por guia-farol o enganador Itacolomi, sempre oculto, no inverno, por feia carapuça de nuvens), plantou sua cruz e suas armas na terra cruenta dos ódios futuros.

— Rancorosa inveja é só que infunde aos aventureiros de todas as coisas aqueles que, por engenho ou arte, chegam primeiro! — refletiu o padre consigo mesmo, ouvindo o Sabedor em suas iras sujas.

3

Foi na manhã seguinte que, em altar improvisado sobre cunhetes e caixas de provisão, entre fardos e animais, o capelão disse sua missa de ação de graças.

Como a torpe mesnada já curtisse fomes na crista do monte (os Camargos sopitando a custo alaridos internos de cupidez), padre Faria apressou-se em lançar sua vasta bênção em redor, demorando generosidades apenas no traçado largo de uma cruz sobre todas as vertentes daquele chão onde a Fortuna, com as audácias do pioneirismo inesperado de Antônio Dias, começava a encenar a grande tragédia das minas na grande capitania.

4

E assim foi! Logo, forte arenga travou-se entre as duas expedições.

Da rivalidade, nasceram os arraiais fundadores de São João e de Ouro Preto.

Depois, com a chegada de novas maltas, sempre mais numerosas aos acenos da Sorte, surgiram, divididos, novos povoados: Bom Sucesso, Piedade, Caquende, Ouro Preto, Ouro Branco... ouro podre... ouro fino... pururuca... compacto... ouro...

Quinze anos depois, no dia 8 de julho de 1711, aleijadinha entre morros e ladeiras, foi erigida a gloriosa e desgraçada Vila Rica de Albuquerque.

5

Passaram-se anos. Seis, oito...

A cisma permanente entre aventureiros de São Paulo e Taubaté principiou por levantar naquela terra nova e desejada, agasalhando orgulhos, basófia e medos, templos enormes (Nossa Senhora do Pilar... da Conceição... Nossa Senhora das Dores... Bom Jesus).

Tal a ostentação requerida pela insensatez e precisa para ocultar a angústia dos homens, que alguns daqueles templos começaram a entrar em melancólicas ruínas ainda aflitivamente inconclusos por todas as incapacidades.

6

Só a Igreja de Santa Efigênia nasceu do puro amor.

O amor de Chico-Rei, pai de princesa, com sua rainha, com seu filho príncipe.

Foi assim: o rei africano, comprado nos ferros, bexiga se abrindo na cara azul-preta; as pernas cansadas subindo rampeados, bateia nas costas, comida pouquinha, trabalho demais, juntou seus vinténs, comprou alforria e, de cobre em cobre, suor em suor, valeu pra seu povo liberto um a um; fundou seu reinado de todos por todos na terra mobica. Foi dono de pouso na serra encravado; foi soba de mina — a da Encardideira — num velho palácio achado no mato. E o ouro apanhado nas águas do rio, de talhas abertas, filtrado nos pelos de couros de boi durinhos de breu: pepitas, palhetas, poeiras de luz sem dono sozinho, serviam pros gastos do povo catanga do reino encantado de sô Chico-Rei.

Só a Igreja de Santa Efigênia nasceu do puro amor!

Estrela muita tremia no fundão negro do céu num meximento de trem vivo. Tudo foi-se apagando, porém, quando a banda do minguante, ainda talhada grossa, começou a lavar limpinho as pedras tronchas da ladeira do Areão de Bico até os degraus poucos da igreja da santa.

Então, a lua iluminou também um bando de negros vindos de todos os lados, formando uma ruma bonita de carne nua.

Na calação da cerimônia, os escravos foram entrando no templo.

Um a um se ajoelhavam, reverenciavam a santa preta padroeira de povo cativo e se dirigiam, um a um, para a grande pia cheia de água benta pelas suavidades de pai Zula, preto também, mas sempre acordado nas vontades para as precisões de seu rebanho escuro.

— E não foi Sum Cristo que disse que, mesmo traste solto no mato, é sempre ovelha de seu curral?

Junto à pia baixa, tomando chegada, cada negro levantava na parede a sombra descomunal do corpo sofrido. Negro murcho tomava tamanho só no clarão da lâmpada sagrada, guardiã do Pão Santo.

Parando, um a um, debruçavam-se na bacia, oferecendo a carapinha às mãos de lascado Tião Jaracu, sanhudo de Angola, dos pés espalhados, cego de um olho, de um braço acanhado, torcido pra trás de ofensa de onça parida nas locas.

E vinha a oração saudadora se repetindo nos dentros da noite, pela madrugada afora:

— Ê, ê, fianzim, Lorum agardece ni nome di Santa Figêna, Minina cabaça di Reis de Lundá — e com a imensa paciência de é-isso-mesmo, Tião banhava as carapinhas, uma a uma, sem pressa, catando brilho de lampejo no amor do trabalho —, Lorum modupê, a santa bunita, princesa pretinha bençoa minino qui é bão pra Lorum...

Enxugando ele mesmo as cabeças humildes nos incríveis bordados das alvas toalhas, gozava as minúsculas partículas de ouro que seus irmãos, modestos na enormidade da fé e enormes na sumiticaria de suas aspirações, deixavam cair no côncavo da pia para que a santa preta de pai Zula fosse ganhando, ela também, seus fulgurantes adornos dourados, paulatinamente... paulatinamente...

As palhetas emaranhadas nos crespos cabelos vinham da labuta do dia quando os escravos mourejavam, ou na pintura das igrejas ricas, ou na douração dos oratórios, dos nichos, dos locutórios, dos salões alcatifados, ou na mineração pesada do fundo dos córregos, do oco das lapas, da greta das serras, da fresta das pedras...

7

E passaram-se mais outros anos. Dez... doze...

Então, os homens dos Camargos já se entendiam melhor com os piratiningas pioneiros. Já se cortejavam nas festas, já se frequentavam nas casas. Não mais se xingavam de mocotós, pés pubos, jacubas.

— Não vê como galinha nova entra em cercado velho? — indagava padre Faria, tirando suas esmolas, com a pitada em suspenso. — As veteranas estranham a sambanga. Se arreliam. Enciúmam-se da terra, do milho, do catimbó do galo novidadeiro se pondo por cima da recém-chegada sem mais demora. Brigam as galinhas! Depois... — padre Faria se ria fininho da transitoriedade das coisas da vida —, depois, fica o dito por não dito e o feito por não feito. Quando chega outra leva, mal os jacás descansam viagem, as que eram novas viram veteranas, se assanham contra as novatas e começa tudo de novo.

Padre Faria dizia isso porque a guerra, agora, pacificados os de São Paulo, era contra os nortistas forasteiros — os baianos —, era contra os estrangeiros reinóis — os emboabas —, todos eles também atraídos pelos peitos pojados de riqueza fácil com que lhes enganava em enfeitados chamamentos a pérfida Fortuna.

Naquele tempo, os brancos se matavam nos matos por disputas de aceiros e jazidas; nas betesgas, por barafunda de vinho, de jogo; nos alçoices, por rixas, por zumbo, por briga de fêmea, por roubo de mátula; nos lares, por coisa qualquer, amor ou ciúme, paixão requentada nos cornos crescidos, sarados bonito; na casa de Deus, por tudos, por nadas, por disse que disse, quem viu já morreu.

Em furtivas vigílias, no mato escondidos, selvagens se espantam de brancos tão rudes.

Mas o melômele da guerra começou mesmo, duro, no Caetê, com a charneiração do emboaba Manuel Nunes Viana com o paulista Jerônimo Pedroso de Barros. Dali, o barulho passou para o arraial do Sabará, zoada subiu o rio das Velhas, inchou em Cachoeira do Campo, no Ribeirão do Carmo e, com pouca espera, rompeu no povoado de Ouro Preto. Vila Rica se arreliou na rija pregação. Houve foi muito sangue vertido, muita covardia e muita traição. Intriga engordou na safadeza do frade Francisco de Menezes. Prepotência pisou forte nas solas das botas. Esporas tiniram desassossegos nos adros das igrejas, nas criptas dos mortos.

8

Era em 1707-1708.

Nunes Viana, sagrado por fim dono das Minas Gerais nas pompas de Cachoeira, estabeleceu seu governo malandrino em Ouro Preto, dentro da força bruta.

De sua capital, engalanado em chefe, começou dando suas ordens: mandou (com o apoio desempachado do frade Menezes) o sargento-maior Bento do Amaral Coutinho — uma peste de gente — surpreender, na pura cavilação, trezentos coitados paulistas que estavam acampando suas injustas derrotas, no bem quieto de uma paz, num capão distante cerca de cinco léguas (das pequenas) do arraial do Rio das Mortes.

Amaral Coutinho que, do que gostava mesmo era de sangrar em bruto, fosse no pé do umbigo ou na volta do pescoço, não se descuidou da recomendação nem se fez de sacristão que pede para as almas: tomou sua bênção ao frade zarelho, juntou sua tropa e o resultado foi que não escapou um só dos perseguidos. Maioria deles morreu espasmada, tal a impetuosidade da traição.

Paga veio depois, num través amargo para os mineiros. Amador Bueno, paulista desapavorado, largando de mão todas as ordens de prudência do governador Mascarenhas de Lancastro, fazendo o mesmo com a conversa de esbarro de Albuquerque (o que, depois, deu o nome à Vila Rica), tocou-se pra Minas, onde acendeu sua guerra das vinganças.

E foi mais ódio, mais traições, mais sangue vertido no mato sem pra quês!

Um dia, em setembro de 1717, briga ainda tinindo miséria nas veredas esconsas e nos grotões da serra, dentro e fora dos povoados. Antônio de Albuquerque ainda tentando acertar as coisas, amainar a guerra, a coisa piorou de uma vez: um conde, governador da capitania de São Paulo e Minas (que, naquele tempo, desde 1709, era um trem só), conde por nome Pedro de Almeida, chegou ao Carmo todo salaz, anunciando sisas, quintagens e impostos para a coroa. Veio num baticum vaidoso de soldados, liteiras e mulheres. Queria casas de fundição espalhadas por todo seu território, inclusive no Serro Frio, onde o ouro também já estava aparecendo, principalmente nas catas do rio Pururuca. Isso tudo, porém, foi antes da descoberta do diamante — as lágrimas de luz da maldição da índia Cajubi —, quando os invasores do Tijuco derrubaram na ambição a imensa acaiaca do conselho maior dos pajés.

Faminto de ouro, de mando e de orgias, vinha o conde por fora de guerras. Vinha, mas o que encontrou na topada dos começos foi a súbita e surpreendente união de todos, paulistas, mineiros e emboabas, contra suas medidas de ganância, arauteadas com tamanha inabilidade pelos quatro cantos da terra.

Era a maranduba da galinha nova contada por padre João de Faria. Só que agora o recém-chegado era rapina cega!

Resistência cosida no ponto miúdo, desorientou o conde, tacando-lhe água fria por cima das fervuras. Sem saber como agir, Pedro de Almeida desmandou-se como macaco dentro de um rio, enchendo de raivas soltas os cantos que deveriam ser reservados ao bom senso; ora, deixando-se levar pelas lábias interesseiras do letrado José Peixoto, ouvia as exigências mais absurdas de um povo pícaro pelas injustiças sofridas; para se exasperar logo depois, ora não cedendo coisa alguma ante argumento algum, atirava seus soldados contra vilas e povoados, incendiava casas e plantações, destruía lavras legais ou clandestinas...

E vinham as devassas, as colagens, os expurgos, as depurações, as derramas...

Uma tarde, cosido em seus calundus, Pedro de Almeida invadiu Vila Rica. Prendeu muita gente, açoitou brancos e forros, largou ferro em brasa em negro cativo. Baixou bandos despóticos, editais impossíveis, cobrou multas sem conta. Motivo era Filipe dos Santos! Ultimamente, era só do que se falava, e o assunto deitava amargos na mesa do palácio estragando tanto da comida farta e saborosa, tanto do vinho vermelho e quente do vernal português.

Doido atrás do fabuloso rancheiro, humilde nativo surgido nas matas, guia-chefe dos homens livres, o conde só esfriou sangue perverso quando soube de sua muito recomendada prisão no adro da igreja matriz de Cachoeira.

Os milicianos que o prenderam foram recompensados, depois, com tanto ouro como se tivessem descoberto um gordo filão para os cofres de El-Rei. Grato foi o conde!

O ídolo fora apanhado na queda fresca da tarde, à socapa do povo, numa viela estreita, por aquele bocado de soldados só enxergando as alvíssaras da promessa.

Nesse dia, até em testa de escravo cresceu ruga de aborrecimento.

Logo que se soube da traição, seis ou sete moços de família já radicada na terra saíram pela estrada com seus trabucos espertos e suas afiadas durindanas em defesa do rancheiro-guia-amigo. Saíram prontos para o que desse e viesse mas, nos cerrados da noite, regressaram derrotados pelo sem rumo.

Enquanto isso, pesado de correntes e bem-encarcerado dentro de uma canastra, Filipe dos Santos viajava para Vila Rica no fusco anônimo de mil precauções, inclusive passando por fora do caminho dos tropeiros.

Prisão e começo de viagem foi coisa de minutos (soldados bicando cachaça na pressa). Tudo, enquanto o eco daquela voz de macho de uma opinião só, ainda vibrava na praça em frente à igreja.

Nem padre Castelo Branco com seu latim fora da conta, e sua malícia de homem muito sabedor (abrenunciando de portas bem abertas para que o povo se assanhasse nas quentes falas) podia imaginar tanta da cavilação naqueles milicianos forasteiros — pra cima de uma dúzia — misturados no meio da gente, no jeito puro de força a serviço de capitão de mato.

Quando o brasileiro tutanudo terminou sua pregação derradeira virado em buraçanga por cima da coroa, dizendo para quem quisesse ouvir, fosse patrício ou estrangeiro, que o governo da metrópole roubava até as hóstias da igreja, e que aquela terra carecia era da arrancada de todos juntos na rampa da libertação contra as ganâncias de El-Rei, os soldados traidores só fizeram dizer bem alto que estavam ali procurando negros fugidos do convento dos padres; que estavam achando muito bonito os dizeres daquele moço desimpedido e só desejavam saber o nome de um homem que, embora simples, merecia tanto ser guardado como exemplo de força e de coragem.

Assim que o revolucionário chegou a Vila Rica acorrentado dentro de sua canastra, Pedro de Almeida ordenou que o escondessem no meio de um capoeirão que havia aos fundos da ermida do Pilar. Ali mesmo — e sem qualquer julgamento (que urgência tinha. Medo havia nos olhos do conde que olhar não podia, de cima pra baixo, como era seu gosto, um macho tão bravo que nem o Filipe) — o governador, que o povo não temia desadorar, mandou enforcá-lo na carreira, sem mesmo permitir que o corpo se desenfadasse da jornada.

Temeroso do povo de Cachoeira (não viessem os rapazes da vingança no rastro da força), apavorado, também, com possíveis represálias dos locais, tudo a mesma corja de desobedientes e atrevidos às ordens de Lisboa, apenas se pôs a salvo já com um pé no estribo do seu bonito frisão baio, o conde de Assumar — como assinava seus papéis o governador Pedro de Almeida — deu ordem para que o cadáver do rancheiro-patriota fosse arrastado até o total dilaceramento nas pedras das ruas por um cavalo brabo, desesperado com as ardências de um clister quente de pólvora, limão e pimenta.

O espetáculo, pensava o sambanga já nos caminhos da segurança, havia de apagar de vez qualquer vontade surgida na canalha: ou de represália, ou de persistência na difícil rota da liberdade.

No estalo final do último pedaço de carne na derradeira queda, cordas arrebentadas pelo inchado dos músculos, pela doida carreira, o cavalo se viu aliviado subitamente do peso: relincho triscou vitórias na serraria distante. O bicho empinou formoso, riscou dois coices de sangue no ar e largou-se na arrancada viva, espuma na boca, sacudindo para os derrotados fins no galope de fogo mais aquela guerra separada.

Pelas ruas, povo dessorando espanto, só ficou o rastro escuro da miséria.

Embora depois, na batida do desperdício, se desse alguma morte tardia pros lados de Congonhas, a luta terminou e o ouro, agora livre de mais esse inimigo da coroa, taxado cada dia com mais dureza para acudir às necessidades da família real, principiou a exercer o avesso de sua função até ali cruenta: a terra entrou em gostoso retiro, no grato período da corrupção e do amolecimento dos costumes, o que — com a alinegra administração de Pedro de Almeida — garantia uma paz cômoda e duradoura.

Mulher-dama o que fez foi se irisar no meio da rua.

Pataca foi mimo de mãe na mão de moleque cativo; seda, sarapilheira de escrava dengosa no jongo, no cateretê, no batuque de umbigada.

Em briga de macho ninguém mais falou. Guerra esmoreceu de uma vez.

9

29 de agosto de 1730.

Povo agasalhava ócios de frio na matriz nova da freguesia da Senhora da Conceição de Antônio Dias, esperando começar as vésperas oficiadas pelo capelão Donato Rios de Jesus.

Logo ali, só longe pela lezíria das chuvas, onde jaçanãs pousavam imensas tristezas na friagem daquele molhado assim temporão, o bairro de Bom Sucesso amassava suas lamas entre casinhas baixas.

Na rua dos Paulistas, o que não faltou dentro do galpão de mestre Zé Onofre — um roxinho baiano bom entendedor de cavalos, de ouro e de pedras — foi animal para ferrar. Trabalho foi demais o dia todo. Faina principiou manhãzinha com aquela dificuldade em lancetar um tumor nos baixos da égua do senhor ouvidor.

Nisso, o sino tangeu engrossados silêncios. Padre Donato (o sino avisava) estava entrando com o Santíssimo. Ajoelhados, os fiéis responsavam: *"Benedicamus domino!..."*

Num cantinho escuro da nave, apoiando esperanças na preta balaustrada de jacarandá torneada por mestre Jerônimo

Pina, Maria Vitória olhava a casula do padre, pobrezas cerzidas pelas suas cativas mãos em trabalhos sofridos.

Nos olhos bonitos de Vitória, a moça do padre, havia doce vaidade.

10

Estava o velho ferreiro sangrador apagando sua forja para a ceia (fazia bem meia hora que a mulher berrava de dentro que a canjica esfriava na malga) quando entrou no alpendre mulato Lourival de Mendonça com seu séquito de jornaleiros.

O gesto largo foi mandando os empregados esperar junto à liteira de onde havia se apeado cheio de cuidados com o barro do chão:

— Ora, viva! Ora, viva! Ora, viva! Ora... — a saudação veio no escarcéu extravagado.

Prevendo serão rendoso nas labutas, Zé Onofre arrimou sua fadiga na bigorna e ficou vadiando com o malho numa pendulação compassada.

— Mestre seu Zé Onofre — o mulato rasgou-se nas conversas —, se lhe concedo as ignescências de minha visita antes mesmo de construir um notório para as circunspecções de garantir meus direitos e poderes sobre muita data de terra e minas — sem se interromper, Lourival foi sacando da algibeira funda do redingote um punhado de pedras, umas graúdas, miúdas outras, e exibindo ao dono da casa — ...gostaria que vosmecê me dissesse em suas jamais preponderantes razões se isto que ora lhe porto é ou não é pedra da mais pura calibrência!

O pernosticismo do homem derramava-se por toda sua pessoa lambuzada de banha de cheiro na cabeleira esticada; pelo traje, pelo redingote verde-vivo, cortado justo; pelas unhas tratadas (os mínimos em pontas agudíssimas), guarnecendo dez dedos violentamente cobertos de grossos e variados anéis; pelos calções escovados em desmesuráveis limpezas (e o exagero de mais joias, botões e abotoaduras de ouro fino), camisa de holanda sepultada em goma, sapatilhas de verniz francês, chapéu alto, do reino, com grande fivela na frente, cana de luxo (castão de ouro maciço também) e, como elegância suprema, luvas claras e um óculo preso à lapela do colete furta-cor por uma cadeia grossa, com monograma e medalhão.

Diziam na vila que essa ilustre figura, apesar de seus mil negócios, não assinava em cartório, alegando sempre a demasiada carga de outros de seus anéis a tomarem-lhe as juntas, a tolherem-lhe os movimentos. Contratos de todo dia, profanos ou de igreja, eram legalizados a rogo, não por ignorância — como ele próprio exigia que constasse dos papéis —, mas por impedimento eventual de escrever.

— Olha a canjica, homem de Deus! — Dentro, a mulher do ferrador se impacientava.

— Tá bom! Já vai... — examinando as pedras, Zé Onofre convidou o amigo para a mesa:

— Vamos à boia! As pedras são belas... são! E são diamantes! Certamente são diamantes! — afiançou. — Agora, vamos entrar!

Então, já na mesa, falaram demoradamente sobre a descoberta. Falaram sobre brilhantes. E foi aquele simples punhado de pedras, alvíssaras de novas riquezas despertadas na terra mineira, justamente no leito dos pequenos riachos da bacia do Jequitinhonha tantas léguas distantes dali, a razão inesperada da decadência daquela vila, com as suas igrejas, ainda não amadurecidas em seus ouros pretos, ouros podres, brancos, ouros finos... ouros...

— Pois, segundo lhe digo, meu jamais imprepotente amigo, essas pedrinhas são frutos de meus apreparados conhecimentos da matéria — diante das malgas esvaziadas, mulato Mendonça prosseguiu explicando em seu pitoresco linguajar que na região recém-descoberta do Pururuca e do Tijuco, enquanto os gananciosos biongueiros ablegados passavam a vida caçando ouro no fundo dos córregos, suas barregãs jogavam a quina marcando os cartões com aquelas pedrinhas lavadas que, para eles, não valiam dois cacumbus.

11

Quando, na igreja, padre Donato deitava sua bênção (Maria Vitória, a moça do padre, os olhos bonitos no padre pregados, pensando belezas por fora do mal) e o coro das penitentes elevava aos céus nas vozes da aldeia o *Veni, creator spiritus*, a chuva apertou.

Apertou também na rua dos Paulistas, na subida detrás de Antônio Dias, no Carrapichão de Baixo, na ladeira do Bom Sucesso.

Escutando a carga d'água lavar com força as calçadas desertas, Lourival afastou-se da mesa e exclamou com sua ênfase costumeira:

— Mestre Onofre, outrora chove! Se minha impertinência não causa taregincangens ao amigo deletro mais à comadre industríssima, requeiro que meus framos e leocádios (fâmulos e lacaios) busquem o refrigério de um abrigo ao por debaixo de seus telheiros insopitáveis à borrasca!

Todavia, o requerimento foi inútil porque Sinhá, a gorda mulher do ferrador, já havia providenciado agasalho para os jornaleiros e para a bonita liteira do viajante em cuja portinhola lia-se a divisa aberta em prata por algum entalhador sutil, amigo de Platão: *"Tentare non nocet"*.

Foi exatamente nessa ocasião (Sinhá mandando os rapazes se abrigar) que preta Quininha invadiu o galpão, fugindo às bátegas rijas. Tirando o saco que lhe protegia quase que por uma esmola a cabeça cinzentinha e as costas doentes (era de hoje que Quininha só fazia tossir madrugada matadora?), foi direita no recado:

— Nasceu, Sinhá! Nasceu bonito que Deus haja! Uma beleza de menino chorão tá ali! Sá Zabé tá é se rindo do fio... Sôr Quiteto, tombém! — Arquiteto era o português Manuel Francisco, pai do recém-nascido, o Antoninho — o Aleijadinho de depois. — O Arquiteto vivia em Ouro Preto fazia muito tempo só reparando igrejas derruídas, só levantando capelas e nichos, só construindo casas, erguendo oratórios, riscando chafarizes... O Arquiteto morava, de há muito, com forra Isabel, negra mandinga, mãe de Antoninho.

— Tudo — prosseguia nhá Quininha alegre, rodando que nem roda-pião. — Sôr Quiteto mandô dá meia canada de vinho vrige a cada povo presente...

Negra Quininha, na fome das novas, largou-se das falas em gestos rasgados:

— Canzá tá cantando festivo, festivo; canzá tá dançando nos rijos da noite; canzá tá gemendo tristezas futuras, tristezas sem termo, provires sofridos; canzá tá falando sofridos provires, sofridos de sonho, sofridos, sofridos...

Nasceu Antoninho! Antoninho Lisboa! Antônio, Antoninho Francisco Lisboa...

Afastada a notícia (Sinhá de partida, com o lenço nos peitos em corda cruzada, pra ver o menino nascido nas horas), mulato Lourival começou a contar, em sua língua medonha, sua última barganha de vinte cativos por muito gado e pano (fora as onças de tabaco) que lhe deu miles de oitavas de tornas tornadas em voltas voltadas.

Dentro da chuva que caía ainda, pouca, padre Donato, agasalhando inocências nos ombros sadios de Vitória em sua larga pelerine, encaminhava-se muito devagar para casa onde havia de tomar seu chá de canela...

E a noite, hacaneia vestida de lemiste, avançava nos silêncios...

12

Morador na ladeira do Paracatu, Anfilóquio Dias de Azevedo foi o primeiro habitante de Vila Rica que ganhou mundo, arreliado com a notícia da descoberta das pedras no Pururuca.

Pensando virar faiscador de datas e contratos, largou-se ele, mais seu cavalo ferrado de recém, sua carreta de baraúna da serra, as bagagens ensacadas, a mulher, mais os meninos, mais seus trens de serventia e de luxo.

Com cativo Bastião Guiné, as duas crias da casa e os quatro moços de servir, era, ao todo, um formoso rancho de quatorze pessoas arrancadas nos rumos novos dos rios fundadores do Jequitinhonha.

Tudo atrás de diamante.

Dias depois, atrás de diamante, vários mineiros, de coligação, se puseram na mesma rota. Outra semana, família de Marcelino Veras correu caminho parelho. Não demorou, seleiro Manoel Garcia foi também pro Tijuco.

No seguimento, padre Joaquim das Almas pegou sumiço de mudança. Nem hora passada, João Baiano derrotou no rastro das pedras, levando mulata Rita pros gastos de cama. Depois, foi Marcelino Pitanga, arrendatário das minas de Morro Grande; foi Pedro Moura Quintana; foi Quim Azambuja.

Mais tarde, Firmino Tinoco, mendigo-biscateiro da porta do Pilar, desapareceu no norte dos definitivos. Depois, foi doido largado na rua, foi negro forro sem cobre nem pras bicadas, foi muita raça de aventureiro, de ladrão...

Até Pai Zula, largando de mão o rebanho escuro de Santa Efigênia (com seus pecados), sentou pé na estrada, catando farturas na cruz do céu.

Mais depois, foi mais gente: foi a vez dos artífices de oficina e dos artesãos, meios-oficiais de um tudo; dos comerciantes menores que, até ali, tinham vivido macio daqueles ouros apanhados até nas enxurradas.

Então, a vila começou a tomar um jeito fundo de tristeza: festas murcharam, espaçaram-se as cavalhadas e torneiros, limitaram-se as procissões, os arcos, as fantasias, as representações, os festejos de igreja, os foguetes de bomba e de lágrimas pingando azul, vermelho, amarelo, azul, vermelho, nos pretos da noite, relampejando por fora do fogo dos tiros, a carcaça distante do Itacolomi.

Cada dia que passava, diminuía a quantidade de casas com luz acesa para as amolenças do serão. Até na rua Direita já se topava morada devoluta. Igreja de não abrir mais nem meia porta para a devoção dos domingos era o que não faltava na vila.

Tudo andava redondo, numa quietação só ainda quebrada por alguma serenata renitente, hora perdida no grotão da noite, ou pelo movimento madrugador de uma tropa, sempre mais de saída do que de chegada.

Durante dia alto, marasmo tomava conta; sol só fazia embalar mormaço nos largos desertos.

Mais para outubro, amadureceu tempo de mulher de uso do povo também tomar distância. — Isso, na paz do Senhor que, em falta de moços de paga segura, o ganho noturno não compensava o aturo de negro bêbedo ou velho descorçoado, ficado de resto.

Por essa causa, os lupanares foram-se acabando e, se ficou meia quarta parte dos que, antes, se espalhavam pelas redondezas, ficou muita coisa. A descambada principiou num sábado quando, no bequinho Detrás de Sant'Ana, o Berimbau de Bárbara Luzia (onde funça comia solta) não acendeu seu candeeiro de aviso na porta. Mesmo assim, sem aquele letreiro de luz, os mineiros arranchados longe, por isso mais espaçados nas visitas da satisfação, foram tomando chegada. Vinham canhestros pelo desábito do conjugal de aluguel, rondavam uma coisinha pelo beco, iam até o adro da igreja, voltavam no escurinho misterioso da noite, vontades nos baixos, falavam vazio, mas, não achando mulher de espera, quebravam no passo seus desenganos e tomavam destino na sorte.

Verdade que, tempos depois, apagado o entusiasmo de arrancada pela aventura das pedras, o ouro retomou o seu lugar de toda a vida. Em Vila Rica, chegou nova gente, novas esperanças alumiaram os horizontes, novas aventuras movimentaram as ruas, novas mulheres brotaram das mil baladas do azar e a vila se aprumou outra vez, embora nunca mais chegasse a ser o mundo que foi antes da derrocada de 1725 e 1730.

Mas, naquela ocasião era bonito ver, pela passagem de fora, prostitutas emigrando em bandos, cantando modinhas, de flor nos cabelos, colar de miçanga e voltas de ouro, trancelins, pulseiras-escravas, pixurim recendendo nas dobras dos braços, cheirando a folhagens selvagens colhidas, saias gomadas nos puros polvilhos, vestidos de seda de cores berrantes, chapins delicados nos pés das dolências, com graça bulhenta montadas em palafréns de sela enfeitada, bordados chairéis e mantas bordadas, algumas com tropa de mulas, outras, levando até negros.

As raparigas iam atrás dos que tinham ido atrás dos diamantes.

Luxo era deixar a vila assim preparadas no traje do atento. Logo no início da jornada, porém, ainda na seta da estrada, tudo aquilo era amarfanhado no fundo das cestas e das arcas carregadas no lombo dos burros e só voltava a luzir confortos na hora da chegada, para nova amostração e anúncio de meretrício vivo.

O comprido da jornada, caladas promessas, era feito apenas com grandes lenços amarrados na cabeça, um guarda-solinho aberto nas cores, se não, um chapéu de palha de grandes abas, preso por uma fita escoteira na volta do pescoço e uma bata leve por sobre as saias de solia. Chinelas de velho descanso substituíam, num átimo, os chapins bordados, debaixo da primeira sombra.

Também, logo que as viajantes deixavam o comércio encoberto por qualquer lombada de morro, as flores dos cabelos iam ficando para trás, pisadas no barro pelas bestas da tropa. E as prostitutas, cantando lundus, ingênuas da sorte, suadinhas no buço, eram muito mais bonitas vestidas assim.

Vencendo caminho entre o arvoredo verde em mil verdes, aquelas bruxinhas de luz-lampião, coradas de sol nos quentes da hora, mais pareciam danaides diurnas.

13

Preta Isabel, dormindo Antoninho nos panos do colo, assistia do fundo de seu quintal o povo correndo de doido para a aventura das terras diamantinas.

Agasalhando melhor o menino nos peitos muito pretos, por via da friagem da tarde, exclamou todo seu pasmo para ela mesma escutar:

— Home num é trem de juízo... apois? Presta mesmo não! Todo esse povo não faz outra coisa senão abrir um ror de caminho apenasmente pra fugir de seus sossegos! Sina ruim de gente polista! E já não vieram de tão longe? Bahia... Lisboa... esses mundo todo? Já não basta pr'eles todo os outro desse chão, fácil fácil de catar? Não abasta a colheita desse ano, rolando gorda nos grão e nas folhas...

— Mas fica prá nós, comadre! Oi, gente! Deix'eles dar com o pé na estrada como bem quiserem e entenderem... E somos nós que vamos empatar nada? — Escutando a queixa da outra, Helena consolou-a da loucura dos homens. — Com o Arquiteto, não tenha vosmecê cuidados, minha comadre, que, por dinheiro nenhum desse mundo, ele é homem de se retirar da vila...

Helena, bonita na cor muito alva de moça das Europas, nos olhos riscados de verde de gata, na voz da quentura dos imos em fogo, no jeito largado do corpo limpinho, no cheiro-macela das roupas de baixo; Helena, bonita nos gestos dos brancos, no rude dos homens, no cio dos negros, na fome do sexo, no gozo dos peitos, era a fazedora de mirongas para povo sofrido.

E quem, dentro da vila, não sabia disso? Não era o mundo que não largava Helena de mão, só querendo saber isso mais aquilo, se podia fazer assim ou se devia fazer de outra forma? E não era o povo todo que não saía da casa de Helena pedindo mezinhas, buscando remédios pra mil anasarcas?

Ali mesmo, enquanto conversava com preta Isabel, quanta gente sofredora encompridava de longe seu olho desejoso de um alívio? Quantos cabras não passavam largando miradas transidas pra trás, no empate dos desejos, na fúria das vontades?

Até mulato Lourival, com seus ouros, seus anéis, suas falas, seus negócios, fazia sua questãozinha, largando pensamento choutado nas ancas da moça.

Mas Helena bonita dos namoros se apartava por gosto e por claro. Seu trabalho era muito: fazia puçangas, cozia xaropes, fervia seus chás, seu mel, suas folhas e flor-de-coqueiro pra dar machidão, seus sangues de bode e mijo de morcegos, pra esse pra aquele; a sorte nas cartas dizia. Dizia nas linhas das mãos ansiosas pedindo conselhos de amor e saúde, se dando em promessas, riscando de pemba as linhas cruzadas no chão do terreiro. (Noitibó tá chamando noite comprida por cima das cercas...)

No preparo de seus importantes sortilégios, Helena tinha seus luxos: só usava da água misteriosa, colhida em quartinha de barro novo, em noite de força de lua, no chafariz solitário de Pedro Ataíde, e só apanhava as pirongas de urupê-vermelho no fluxo dos sangues para não talhar as decocções.

Naquela hora — um negro vendendo bentinhos na rua — dois homens passavam montados em seus vaidosos cavalos. Saudaram as vizinhas em largas barretadas, desejo saltando fogueiras, soltando fagulhas, porfia nos olhos pregados no leque do esquipado contido, e lá se foram, imaginação presa às conchas rosadas escurecendo penugem nos braços de Helena, erguidos alegres com Antoninho no ar:

— Este sim, comadre! Este não vai se afundar nas aventuras do Destino, não! Meu afilhado há de ser homem de mais consideração ainda do que o pai! — Helena gostava de preta Isabel. Gostava do homem dela, o Arquiteto. Adorava Antoninho, mesmo enchamboado no tronco curtinho, venta escorrendo monco, as pernas tortas perneando impaciências.

Em seus asseios, Helena pouco se importava com o catarro do mulatinho.

— Se o Arquiteto, comadre, riscou a nova Matriz da Conceição, este vai fazer coisa de maior valia. — Sacudido pelo balanço, Antoninho ria. Isabel também ria. Helena prosseguiu subindo mais o menino. — Antoninho ainda vai levantar a igreja mais...

Mais uma igreja, comadre? — a mãe interrompeu o vaticínio. — Pra que mais igreja? E já não tem tanta por aí? Se o menino traz sina de servir Nos' Sinhô, mais melhor tomar pé no Hospício da Terra Santa. Frade é melhor do que ser como pai, sempre subindo em tábuas altas, sempre sujeito a cair, a dar uma queda, a quebrar uma perna; que Deus o livre e guarde! E, para quê? Me diga, para quê? Que ouro o Arquiteto tem guardado para uma doença? Tem nenhum não, minha filha, que o coitado trabalha pra padre e padre não é trem amante de pagar ninguém, não!

Os peitos gordos, aliviados do molequinho, sacudiram risadas de muita vadiação:

— Padre gosta é disso! — o gesto obsceno acendeu fim na conversa.

Enquanto as duas trucilavam amizades, a Igreja do Pilar erguia-se, súcuba, imensamente triste nas voltas opacas da tarde, torres inconclusas de encontro ao chumbo do poente, já num melancólico princípio de ruína, muito digna, embora amortalhada na decadência precoce tão comum à época, sempre provocada pelo orgulho dos homens, imprevidentes em suas fortunas e péssimos avaliadores de sua própria capacidade.

Só mais tarde, alguns anos passados, quem sabe por que promessa suave, Nossa Senhora do Pilar teve restaurado seu templo pela estranha arte de mestre Veloso, amigo ferrado de Manuel Francisco, o Arquiteto.

14

Noite.

Vento sacudia machucado cheiroso de folha nas seivas pra dentro da vila.

Na volta da ladeira de São Francisco (onde os negros velhos da irmandade de Santa Efigênia e São Cipriano cantavam, noite de sexta-feira, a mãe do ouro flechava desesperos pela serraria de homem em seu cavalo branco, sem arreios nem cabresto e, nuinha em pelo, riscando pelos caminhos misérias relampejadas, afrontava caminhantes, arretava mineiro macho...) uma araucária grande, grande, resinava mel-acre no frígido do mato.

Por riba das cercas, caboré olhava de vidro, fartando alumiados nos pastos cheios de mironga da lua crescida.

Da floresta, vinham rumores de bichos perdidos no fundo dos medos.

Silente chegava dos aléns, entrava nas casas (paninhos de crochê nas mesas redondas de centro das salas), se espalhava pelas pedras largas do calçamento até o bequinho da arrelia de Eurico Baina, única mancha de luz e barulho na difusa paz.

Sobre o balcão escuro dos usos, a lâmpada de três bicos estralejando pavios, fumaçava espesso o óleo de peixe nas traves do teto de onde uma pilha de queijos malcurtidos pingava soro na terra do chão. Pendurados num arame, palmos de linguiça escureciam velhos bolores. Pelos cantos úmidos, teias de aranha pesavam gorduras passadas.

A birosca do Eurico! — Pregado atrás de uma porta, servindo de forro à penca de chaves da espelunca, podia-se ler nas letras desbotadas do papel reinol:

POSTURA NÚMERO SEIS DO ILUSTRÍSSIMO
SENHOR LUCAS PARDINHO MENDES,
JUIZ DE PAZ DESTE TERMO

1º

Todo taberneiro que consentir, em sua taberna, de dia ou de noite, escravo de qualquer natureza que seja, parado por mais tempo do que o preciso, será condenado à multa de duas patacas. No caso do escravo encontrado já ter a espádua marcada a fogo, como fujão, ou uma orelha decepada, como reincidente, tudo de acordo com alvará real, a multa será em dobro.

2º

Todo o escravo, de qualquer natureza, que seja parado, de dia ou de noite, em terras demarcadas para mineração ou bodega fora dos lugares do povoado, sem bilhete de seu senhor ou da autoridade judiciária, será apreendido por qualquer pessoa do povo e entregue, mediante alvíssaras da lei, ao regedor, alcaide ou inspetor de quarteirão, maiormente a capitão do mato. Os escravos assim apreendidos sofrerão a pena de 53 açoites mandados aplicar no pelourinho público e o seu senhor há de ser obrigado a trazê-lo com ferros ao pescoço pelo menor tempo de quatro meses.

Assim faça-se em nome da Justiça e da vontade de El-Rei.

Aos 31 dias do mês de outubro do ano de 1729 da Era de Nosso Senhor Jesus Cristo.

Desde antes de escurecer, a súcia de todo dia já lá estava encostada ao balcão, atolada na cachaça e no bagre frito. Eram todos biscateiros, porque paulista que se prezasse só gostava de frequentar botequim de mesa posta do bairro de Antônio Dias, se não, embocar, noites seguidas (conforme a quantidade de ouro encontrado), nos bordéis de mais consideração, espalhados por Mercês ou Perdões onde, até o sol rosar nas serrarias, se bebia vinho do reino e se comia uma asa de frango ou o couro torrado de um bacorinho gordo.

Mas isso era desplante de emboaba enricado. A tasca do Luso-Baiano, conhecido na redondeza por Eurico Rapa-

Tudo, não tinha mais de luxo do que aquele balcão antigo, a lâmpada de ferro e o puro chão de terra batida.

Bagre tinha, que o rio estava ali mesmo e o que não escasseava na vila era moleque pescador e perau rico em peixe. Capilé barato também tinha, para misturar na pinga em lugar de goma do Porto, só do gasto de moço branco.

No escuro do beco (tão acanhado de largura que nem a lua cheia atinava em barrelar suas pratas) a claridade entornada pela porta fazia sarandear as sombras dos homens debruçados na mesa do balcão, falando mole, espaçando conversa, bicando pouquinho martelos de pinga.

Sombras se misturavam com cheiros enjoados das frituras, que encardiam ainda mais o bodum vindo dos mofos interiores.

Rapa-Tudo, mãos imundas, dedos achatados nas pontas como vivas cabeças de cobra, unhas crescidas nos nojos de um rapé grosso-escuro, ia servindo uns e outros, labutando com a parcimônia de seu comércio. Calado de opiniões, só tomava tento esperto no picado das contas: — Mais meio pro Romualdo. Mais dois pra sô Ventura... Um, da conta de Tripa Gorda. — O carvão fino riscava pauzinhos no canto da tábua. — Tripa Gorda, foi um ou foi dois?

Cabelo revolto no pixaim largo da mestiçagem, Rapa-Tudo, aos mais bêbedos, raspava logo a paga sempre incerta nas difíceis voltas; aos que tomavam muito gás no calor da desordem, o mulato expulsava sem hora especial, levando-os aos trancos e bofetões (conforme a precisão) até a esquininha do arruado; aos que já não tinham mais dinheiro para crescer-lhe féria no caixote, Baina deixava-os dormir pelo chão, desde que, com a bebedeira que já os não tinha em pé, também não empatassem a passagem dos que quisessem entrar.

Sem esmorecimento no ramerrão, aquela noite avançava nos claros cheios.

Um vento, caído de súbito, levantou a poeira grossa da rua fazendo latir um cão.

Encostado no portal, Tripa Gorda respondeu:

— Corno, e eu lhe devo... — o palavrão emendou ideia embotada.

Olho pingando moléstias serenadas, sentado no batente junto ao gordo, Mané Mocho se entretinha destacando farpas na madeira comida da porta.

Passava da meia-noite. Com os copos já enxutos emborcados para o chão, os dois retomaram uma discussão sem vontade:

— Tu é negro ladrão! Tu é como Rapa-Tudo! Tu só tá em tua casa quando tu tá na cadeia...

— E tu? E tu? Então tu não é matadô muito do conhecido de negro trabaiadô?

A lufada cessou levando os latidos do cão vadio.

— Me diga, Mocho, quem é que foi que matou aquele menino das Cata Nova, de mando do mascate de Itabirito, a troco puro de um chairel rasgado? Tu paga outra bicada?

— Pede fiado, si tu é valente tanto assim!

Dentro, Eurico servia mais pinga, mais peixe.

De repente, Mocho catucou Tripa Gorda no vão da barriga. Apontou com o olho entornado:

— Vamo nessa?

A custo, levantou-se enquanto um vulto de embuço em franjado manto de melânia cruzava a rua. O vulto, na pressa, afundava passo apertado em direção ao chafariz de Pedro Ataíde.

Tripa Gorda despertou do torpor:

— É... tá bão... — mirou as ondulações do manto e voltou a examinar o copo vazio num hábito de esperança. — É, Mocho! Vamo... Barreguemo ela por detrás da igreja.

Mas, uma dúvida acudiu a Mané Mocho:

— Fema não é! Fema não aparece sozinha em hora de assombração...

Tripa Gorda não se importou com a dúvida do companheiro.

— Eu casco primeiro! Tu sigura ela. Si aprecisá tu assegura ela no pescoço inté estourar a suspiração. Si estourar, num faz mal não! Bebo como tu tá, tu só presta mesmo pra segurá terneira desumbigada. Dispois... — arrematou, aparando o gesto sujo de protesto de Mané Mocho. — Dispois, si tu tiver sustança, tu come ela tombém. Tá conforme?

Os dois se descoseram da porta e se encaminharam para a esquina.

— E tu segura, dispois, pra mim?

— Asseguro inté os corno da mãe! Tu sabe que eu tenho é palavra!

O vulto estava apanhando água no chafariz deserto. Com o esforço para alcançar as alturas da bica, o movimento do corpo deixava aparecer os tornozelos brancos emergindo das chinelinhas ligeiras.

— Fema! — olhos apenas em risca, Mané Mocho confirmou nas alegrias de uma vitória — ...e branca!

— Mais mió! Percisa menas força... — mas, com a mão, suspendeu o passo do colega — ...pera aí! Não afoba! Deix'ela si vortá que nóis agarra! Dispois, é só rastá ela pra detrás da igreja, viu? — para a ordem final, limpou as ventas com o dorso dos dedos. — Trem de valia, pr'uma limpeza, penso que não traz nenhum... só mesmo pra cascar! Tu já sabe! Tu fica pra dispois! Óia lá: tu garra com segurança! Si tu ti enfeita, racho tu mais ela! Vamo!

Pucarinho na mão, Helena topou os dois a tomarem-lhe os passos. Inteirada das intenções, desviou-se ligeira. Em vão. Embora acostumada a encontrar toda sorte de notívagos errantes em suas sortidas noturnas, Helena assustou-se um pouco. Intranquila, pediu:

— Deixem-me... deixem-me passar!

Agarrada de sopetão, debatia-se cheia de cuidados com o púcaro.

Mesmo evitando gritar, sentia-se já magoada pela ferocidade dos assaltantes que tentavam arrastá-la, quando, do beco, outros bêbedos perceberam a cena.

Fervendo invejosas revoltas de machos logrados, medrosos dos terríveis malfeitores, quatro ou cinco deles se limitaram a tomar chegada da luta.

Mal se acercaram, porém, apareceu Eurico Rapa-Tudo:

— Que diabo é isso aqui? Quero lá barafunda na rua! — empurrou os bêbedos com força, agarrou Tripa Gorda e Mané Mocho de uma só vez, atirou-os para os lados e debochou: — E vocês, seus porqueiras, vocês lá têm fôlego pra cobrir ninguém?

Segurando o braço de Helena, sem mais se importar com o resto, disse:

— Vamos, menina! Vou levar vosmecê até fora disto por cá! Isto não é lugar próprio para meninas... Hom'essa! Já a tenho visto... sempre fora de horas... Vosmecê não é dama... logo se vê! Hom'essa! Por que não apanha essa água mais perto... durante o dia? Dia claro, hom'essa! — a voz ia-se amaciando numa tentativa engraçada de se tornar cavalheiro. — Então... a menina... não tem medo? — A mão grossa pousou-lhe por sobre a nuca num arremedo de proteção. — Contornou-lhe o pescoço fino. — Magoadinha? São uns brutos... Aqueles cães, hom'essa! — A mão desceu por um ombro. — Hom'essa! Sabe? — Aos poucos, buscava-lhe o seio concho. — Isto é... para bem dizer... Hom'essa! Cá me encontrou a menina para defender-lhe o couro. Se não... Se não sou eu... Perdoe-me a menina meu maldizer que é como quem diz defender-lhe o... a... Hom'essa! — a mão descendo...

Helena impacientava-se, alargando o passo. Felizmente, a casa do Arquiteto ficava já naquele quarteirão. A moça agradeceu, a esperança no brilho do olhar.

De repente, Eurico encorajou-se, desceu a mão nas decisões e apertou-lhe o bico de um peito. Babatou com força.

— Ora, merda! — a dor transbordou na exclamação. Helena fugiu como um cabrito e se embarafustou pelo quintal da comadre Isabel.

Furioso com o fracasso, Rapa-Tudo largou violento pontapé numa das chinelinhas perdidas na fuga. Com o olhar rancoroso de homem logrado, acompanhou a trajetória da chinela até a vala onde caiu. Depois, cuspiu com ira todos os seus falhados intentos:

— Ora, merda! Ora, merda, digo eu!

De volta, já na porta da birosca, afastou com brutalidade os fregueses aglomerados. Bateu as mãos uma na outra, no jeito de caçar limpezas.

Olhou a rua pacificada:

— Hom'essa! — e entrou.

15

8 de junho de 1732.

Portugal queria ouro. Mais ouro. Muito ouro.

O governador tinha recém-estado na Corte não só para receber ordens de arrecadar muito dinheiro do povo das minas, como porque a coroa, sempre às turras com a Espanha, podia precisar quês e pra quês sem hora certa.

Nem por isso nem pelo desfalque cada dia maior em suas riquezas por um domínio rapino Vila Rica deixava de construir novas igrejas, também cada dia maiores e mais adornadas.

Mestre Veloso e o Arquiteto é que não tinham mãos a medir: agora era a rivalidade com Mariana que principiava em rasgadas amostras de farpeados futuros. Depois, falou-se também por toda parte que o reino já havia substituído dom Lourenço de Almeida por André de Melo e Castro, conde das Galvêas (o que nada de bom augurava para os mineiros). Tanto era certa a substituição, só demorada no passo lento do mensageiro, que a irmandade de Nossa Senhora da Conceição já havia pleiteado que a posse do conde ocorresse em Sua Matriz. Alegavam os maiores da casa como direito para que a festa tivesse lugar ali, a doação de muitas arrobas de ouro oferecidas, menos de cinco anos antes, ao príncipe regente, como presente de seu casamento.

Assim, por um ou por outro motivo — que em terra pequena é o que não falta —, cada igreja se esmerava mais em comemorar datas condizentes com suas respectivas irmandades.

No bairro de Ouro Preto, a Igreja de Nossa Senhora do Rosário (ainda sem seu vaidoso telhado em forma de quilha de navio, sem suas bonitas torres militares e sem a graça de sua fachada curvilínea existente, então, no risco difuso de um sonho) iniciava, naquele dia repimpado de luz, os festejos barulhentos da padroeira dos homens de cor.

A festa com o rei congo (coroa de papelão dourado na cumapimenta), a rainha Xinga (uma escrava nova, formosa, da propriedade de Antão Gonçalves Crespo, escrivão de feitos, morador por detrás de São José), com dez chichisbéus, princesas sapecas, príncipes vestidos de fardas vistosas, de borlas de ouro nas luvas de pano, capinhas forradas nas rendas antigas; e os dignitários, pretinhos também (gabolas cativos mordomos dos santos, em seus chapéus de veludo de dois bicos), começara cedinho com a queima de fogos-estúpidos-foguetes-estampidos na praia do marejo, no fim da rampa, junto ao córrego do Coquende. As girândolas-de-vista, azuis e encarnadas, mais tarde acendidas, por espantado imprevisto, eram fabricadas por um velho chinês anônimo que, naqueles perdidos lugares, doze anos antes — dizem que debaixo da inspiração de mestre Arquiteto —, havia pintado os painéis em ouro da Igreja do Ó, na vila próxima de Sabará.

Para o *Te Deum* solene, oficiado com muita preparação pelos nove cônegos de aposento na terra, só se esperava pela chegada do governador.

Lourenço de Almeida devia chegar a qualquer momento em sua liteira francesa de broslas, do Ribeirão do Carmo.

Enquanto se esperava pela tranquila autoridade civil, embora a festa fosse de negros, a vila inteira estava presente para apreciar danças e folguedos.

Música havia por todos os cantos: violas, pandeiros, tambores, canzás... Jogos vibravam o povo nos auges profusos dos "Toma! — Perdeu! Seu filho da mãe! Não rouba, ladrão!" Comida rolava nas bindas de barro, panelas de ferro, nos panos levados: mingaus e quitandas... nos tabuleirões: galinha, leitão e baba de moça e orelha de frade, queijadas da serra e bolo e sequilhos e todo esse mundo!

Povo na rua descendo e subindo; os moços de traje-calção de veludo; sinhás, de mucama de olho-fiscal no chouto fiel catando perigos de amor e desonras.

E a festa comia largada nos gritos!

Inacabada, também, em seus enfeites, a nave fervilhava em sedas, brocados e perfumes das águas de cheiro. E que, na ruidosa ostentação dos mineiros, todos queriam ver o comportamento e o êxito de seus escravos emprestados à confraria, carregados de ouros e vestidos de luxo.

Súbito, um murmúrio levantou-se espalhando-se por todo o templo:

— O governador!

— O governador!

— Aí vem o governador! — exclamou também uma senhora gorda ocultando os lábios novidadeiros nas plumas do leque. Aproveitou para o segredo, para cochichar ao ouvido da vizinha: — Belo homem! Um belo homem mas... mulherengo até ali, e depois, sabe? dizem que vai aumentar despropositadamente nossos fogais... Valha-me Deus! Mais impostos! Aonde iremos parar?

— Consta — esclareceu a vizinha, também interessada nos aumentos —, consta que o homenzinho já nomeou mais guardas-mores para o Caraça, para o Inficionado... para Cata-Preta...

A senhora gorda tremeu preocupadas novidades na grande papada pela expectativa de novos lançamentos.

Entrementes, exclamavam outras mulheres aflitas e radiantes, tocando-se nos penteados, nas dobras das saias:

— Dom Lourenço chegou!

— O governador! — outras mais ensaiavam reverências profundas e gentis.

Então, um silêncio opaco, de expectativa, nasceu na porta principal e foi-se espraiando por todo o interior até o altar-mor. Todos se viraram como por muda e intergiversa trama. Foi quando surgiu, isolado na moldura do portal, o esplendor daquela mulher vestida de lhama verde-musgo e abundantes fios de ouro, o decote rosando, no contraste aberto, a carnadura forte dos ombros, da grota dos seios, indiferentes ao frio invernoso do mês.

Não foi menor a emoção ante a magnífica figura aparecida: cabelos longos, em torsos penteados (sem necessidade das cabeleiras tão em uso no remoto da época), Helena entrou suavemente, percorreu em seu modesto jeito soberano todo o corredor do centro, entre os bancos apinhados, e foi buscar assento ao lado do Arquiteto, já dentro da balaustrada do grande corpo da nave.

Nas mãos, entre o missal e o terço, os longos dedos machucavam uma camélia solitária como uma capela numa encosta, no ar, ficou pairando apenas um cheiro fêmea de folhas maceradas de canela e heliotrópio.

Nem um só dos homens atinava em desviar os olhos daquela extraordinária mulher (— que dama! — pensavam). Nem mesmo as esposas presentes, as famílias (as moças vilipendiavam: — Feiticeira!), o recato do lugar, nada os impedia de beber, desesperadamente excitados no sexo marrão, cada movimento daqueles braços cheios, cada ondeação daqueles lábios marcados, cada sutil elevação daquele colo de resplendente nudez.

— Que dama!
— Que feiticeira!
— Que desavergonhada!
— Que prostituta!
— Que beleza!

Durante poucos minutos, Helena fez suas orações. Persignou-se lubricamente divertida e, em meio da volúpia e do despeito geral, levantou-se muito lenta, roçou os dedos pelo braço do amigo numa despedida, dominou a nave com seus grandes olhos úmidos, desde o primeiro banco, e fez o mesmo caminho de volta, em direção à saída.

Logo, deixando para trás o cheiro bom das folhas maceradas de sua espagíria, sumiu a figura levinha, o vestido de lhama verde e os peitos túrgidos de negaceados oferecimentos no adro de fora.

Os olhos da senhora que temia pelo aumento despropositado prometido para os imóveis alugados acompanharam Helena até esbarrarem na coluna da porta:

— Arre! Bonita és, velhaca!

Então, governador chegou.

16

Dois anos depois, 1734.

— Tu hás de ser maior do que teu pai, meu querido bicharoco! Tu ainda hás de levantar a maior igreja do mundo! Só nessa igreja eu me casarei, querido! Sabes que só hei de me casar em uma igreja feita por ti? E há de ser para meu São Francisco de Assis!

Preta Isabel e Helena desandavam a rir com os feios esgares do mulatinho, já bem pesado em seus quatro anos de vida, bruscamente erguido no ar pela madrinha bonita.

Antoninho estremunhava assustado a cada ascensão. Helena prosseguia:

— Então eu vou me casar!

Na brincadeira, a negra perguntou:

— E cadê o princês encantado pra desposá moça mais linda que vosmecê, comadre Leninha? Igreja é o que não falta por aí... Se não for Antoninho, pode ser o pai dele o fazedor, mas, me diga, e o princês? Quem, nesse mundo, pode merecer mão mais fremosa e benfazeja do bem? — Isabel protestava contra a soledade de Helena: — Não! Vosmecê há de casar, sim, que Deus faz é ajudar quem presta...

— Será tão bom assim a gente casar, Isabel? Bom, para ser até prêmio de Deus?

— Vosmecê vai se casar e há de ser já, é só o que eu digo! Casar com homem de carne e osso, mas porém que seja bom de coração, de pensamento e de feitura, e o casamento com muita festa, em igreja já levantada nas verdades, com muita gente e muito doce. Isso, sim! Querendo Deus!

Os cabelos negros de Helena, em fartas mechas, caíam-lhe com graça enorme pelos ombros nus.

Na estrada de Mariana, uma parasita abriu sua orquídea cinza, com vermelhos laivos entre lianas, numa grumixa-meira centenária.

Aljofrada pelo sereno, a flor tremia vaidades matutinas no tronco seco. Era como se a velha árvore houvesse trocado, nas virgindades da mata, toda uma existência por uma flor.

17

Entremeados de abundantes fios brancos, os cabelos fartos de Helena davam-lhe uma linda graça-senhora.

Já com dez anos, Antoninho não se largava da madrinha. Pernas tortas, em curtos arcos, equilibrando o corpo troncho, rompiam vinte vezes por dia, em desabalada carreira, ladeira acima, apenas viam surgir de volta da rua a figura querida.

Ainda naquele dia, Helena saíra de novo: fora levar um apanhado de folhas de saião em tintura de paraúna para um crioulo sofrido que estrepara um pé num caco de vidro, pescando piabas no córrego de baixo.

Seco por natureza, voz forte, já muito áspera para a pouca idade, o menino não tinha carinhos que não fossem para Helena.

— Madrinha, e vosmecê gosta muito de eu?
— Toda a vida, meu bem!
— E depois de toda vida?
— Gosto sempre, meu amor!
— Madrinha, quando é que vosmecê vai se casar?
— Dia desses, Antoninho! Olha, quando o meu querido tronchinho levantar a igreja mais bonita da vila, então eu me caso, tá bom?

E os olhos grandes ficaram parados, pensando, pensando parados, que os olhos parados nos mundos, no tempo, são olhos que pensam também.

Era 1740.

No vale, embaixo, um apuizeiro enfolhava-se de verão, asfixiando na fome-pujança uma anona a indene.

18

1746. Na serra embuçada em flocos gelados, as onças miavam gelados amores. O Itacolomi acordou fumaçando neblinas na grota das nuvens seus picos sombrios.

A brisa refresca um pardo arrepio por cima do prado em roças plantado.

Acaiacas serenam nos baixos das folhas saudades dos quentes e o sol, frio, frio, só rapa de leve as frondes soturnas das mil indaiás esparsas na selva.

Um boi, olho grande, focinho babando inverno nos fios compridos da baba, olhava comprido por todo o planalto, com o chifre apontando para o céu. E as folhas queimadas, as favas, as vagens, escuros os galhos secados nos frutos sequinhos mirrados, choravam tristezas na falta dos claros rasgados bonito dos dias de luz.

Carinhas de carmim, meninas do licenciado Jorge da Mota, Francisca e Benedita jogavam as mãos para aquecer frio de julho.

Na cadência da brincadeira, acompanhando o estalido seco das palmas batendo vermelhas, Rita, a pequena escrava da casa, fazia as Três Marias com seixos rolados pelo tempo. Cantava a escravinha o velho lundu paulista:

> "Eu nem suspirar sabia
> antes de te conhecer
> mas depois que vi teus olhos
> sei suspirar, sei morrer..."

Do meio do largo, no Alto das Mercês, Benedita viu Antoninho chegando pela estrada de cima. Interrompeu o jogo com a irmã:

— Lá vem sô Antoninho, bão-ba-la-bão, e como vem sozinho!

Antônio Francisco Lisboa — o Antoninho de ainda e de toda gente — parou sorrindo na deselegância de suas desproporções, embora o quase luxo da casaca três-quatros de veludilho furta-cor e das bonitas abotoaduras de grandes pedras.

— ...e como vem sozinho! E como vem bonito! — Benedita prosseguiu entoando a pequena canção com que era costume saudar a aproximação amiga.

Tiritando também pelo inverno duro, Antoninho repetiu:

— E como vem boni-te-o-tó! — descobriu-se galante, sacudindo no ar o chapéu reinol, de aba grande, porque os tricórnios só eram usados por gente de consideração nas idades e de ganho próprio.

Ao recém-chegado não faltavam o colete de paninho e os sapatos pretos, de fivela quadrada, guarnecidos de meias claras, nos canos bordados.

Também não lhe faltavam vinténs e patacas na bolsa de dentro, que liberal era o pai.

Francisca, a mais velha, cabelos já repuxados em trunfa, achou de completar a saudação, com voz sumidinha, encalistrada nos peitinhos novos:

— ...e como vem formoso! — depois enrubesceu como se tivesse sido apanhada em uma pouca-vergonha.

Mesmo feio entre raras e embaraçadas felpas de rude barba, mesmo reles de porte, mulato Antoninho, com seus desengonçados dezessete anos, era bem apreciado por todas as raparigas da redondeza, porque era alegre, falador, fazia sortes, cantava modinhas, tocava viola, dizia versos, dançava batuque e bebia pinga noites seguidas, enchendo qualquer recanto com mil habilidades. Mas onde Antônio Francisco Lisboa tinha extração de veras (até pela liberalidade perdulária herdada no sangue do pai artista e pela intemperança sem fim da raça materna), era nos prostíbulos que, embora em decadência após o furioso êxodo dos aventureiros para as terras em que o diamante imperava, espalhavam-se ainda pelos baixos de Além-Coquende ou no caminho novo de Sant'Ana, onde, de resto, ficaram os mais sórdidos.

Em noites fantásticas de libido solta, quando os martelos de pinga do Feitosa, com o capilé de goma do Porto (mistela preferida pela rapaziada branca da terra), se sucediam desde muito cedo nas locandas asquerosas — zelação riscando assombros no negrume do céu. São Tiago prometendo chuva em sua estrela —, Antoninho não media excessos, adurindo barbaramente nas esteiras mais coletivas da vila um sexo exuberante na força das idades, insaciável na desavença dos costumes, sedento na dor das mazelas, desesperado por fortes apelos cada vez mais impossíveis.

Negra Quitéria Ximbé, marafona forra pelo guarda-mor Gonçalves de Castro por via duma promessa feita sem de cabimento, já tinha levado Antoninho ao princípio da vasta e acidentada trilha venérea, transmitindo-lhe, aos treze anos, entumescidas adenites.

Desd'aí, Antoninho passou a conhecer toda a tenebrosa senda das moléstias ocultas contra as quais a ciência de Helena (coitada da Helena! Helena era boa, Helena compreendia tudo, sabia de tudo, perdoava tudo... Helena aconselhava limão de casca fina, resinas do mato, pulsatila, salsaparrilha, jatobá...) só podia ajudar com paliativos.

Primeira soca de estroinice tão temporã eram já aqueles artelhos contraídos, sobretudo pelas manhãs úmidas de inverno que, mesmo com as rezas de Helena, com as fumigações de Helena, principiavam a tomar-lhe os passos nas caminhadas mais longas.

— E vosmecê vai onde? — perguntou Benedita cheia de cuidados com sua saia longa de pano de Manchester, bordada na barra. — "Deus está em toda parte. Deus está em toda parte. Deus está..." Onde, trajado assim que nem moço da Corte? — com o desembaraço da idade ainda fora da conta, a menina procurava demorar Antoninho, na travessura, para vexar a irmã.

Como o mulato se risse sem responder, Benedita acicatou-a mais:

— E não é mesmo, mana? Pelo visto, só falta a cabeleira francesa... Até parece que vai casar! Será com a mana?

Francisca, sem saber mais o que fazer com as mãos, agora livres do jogo, levou-as ambas ao rosto, gritou por Rita e correu a refugiar-se no adro da igreja.

— Ponha seu chapéu na cabeça, ué! — Benedita prosseguiu falando alegrias.

— Estou trajado limpo, menina Benedita, é porque vou a um cateretê para os lados de Mariana. — Antoninho cobriu-se com capricho. — Como fica um pouco longe, vou cedo que, de passagem, ainda quero tomar a bênção ao senhor meu pai. E é só!

Do alto das Mercês de Cima, as meninas, já reunidas de novo, ficaram vendo o rapaz se afastar, afundando suas elegâncias desencontradas na ladeira dos Perdões.

Benedita ainda mangou com a irmã:
— Tu casava com ele, Xixica?
— Eu? T'esconjuro! Só se Rita casasse...
A escravinha retrucou nas ofensas:
— Mulato nojento, sô! Oia só. Todo torto que nem ancra de navio! Cabra de mão grossa... Virge Nossa Senhora!

As três, na pouca idade de cada uma, não voltaram mais à brincadeira. Olhando para baixo, ficaram imaginando a mesma coisa sem poderem atinar com o que realmente fosse, que o sexo, na juventude, desperta mansinho.

19

Antônio Francisco Lisboa seguiu seu caminho. Em frente às escadas da Matriz de Antônio Dias, se descobriu novamente, benzeu-se em contrição, alisou a barbicha rala mas muito dura e enrolada, com grande desapontamento pela escassez dos pelos (aquilo não crescia mesmo! Não fechava nem por antes do unguento feito pela madrinha...) e tomou o rumo do nicho do Vira-e-Sai.

Depois, enfiou pela ladeira de Santa Efigênia em busca do Arquiteto que, hora daquela, mais do que certo, estaria terminando obras de remodelação na capela do padre Faria.

Então, já se cogitava do sino novo na torrezinha bonita. De longe, o pico do Itacolomi parecia esperar pelo mimo para escutar outras hosanas de muitas aleluias.

— Mas esperou três anos!

20

Realmente, o pai estava lá. Estava lá com um rolo de papel português, meio desembrulhado nos joelhos, a pitada de rapé entre o indicador e o polegar.

Interessado no exame das plantas, o Arquiteto media escalas. Só então percebeu a chegada do filho, mas não levantou os olhos do trabalho:

— Queres tu alguma coisa, menino?
— A sua bênção, senhor meu pai!
— Deus te abençoe — houve demora na resposta.

O rapaz importou-se pouco com a demora, com a bênção. Cabeça já abaixada sobre o risco aberto no papel, compartilhando subitamente daquilo, estranhou o próprio interesse. Pensou: — Diabo! Isto é bonito. É bonito riscar-se uma coisa que há de ser, um dia, uma verdade! É bonito um homem que pode realizar o que idealiza! Bonito e livre! Um, que não tenha liberdade, poderá fazer isso? Até um escravo pode, desde que seja livre por dentro... Criação é liberdade. É a única liberdade! É mesmo!

As últimas palavras saíram-lhe a meia-voz, mas o pai não escutava nada, só embebido no desenho. Então, inteiramente descontrolado por estranho impulso interno, deixando de lado todas as convenções, Antoninho mostrou com o dedo:

— Isto está mal! — o pasmo paterno explodiu em surpresas. O velho largou até o pensamento para observar o inesperado comportamento do rapaz. Antoninho, que jamais havia se dirigido ao pai sem permissão, prosseguiu, porém, como se a solução do problema procurado coubesse exclusivamente a ele. — Assim, dá pouca altura para as sacadas... A testa vai sobrar na desproporção e...

O Arquiteto ergueu-se ameaçador, cheio de ira incontida, amarfanhando o papel:

— Ora, só esta! E muito boa! Agora, meu menino, queres dar em arquiteto! A testa vai sobrar? Com que então, hein? Já não basta a malta... vai sobrar! Andar de súcia com vagabundos! Beber... Sei lá! — Só então Antoninho caiu em si. Apenas não encontrava palavras para remediar o erro. — Vai sobrar na desproporção! Por acaso, o menino sabe o que seja perspectiva? Escuta... Já ouviste falar em módulo? Já ouviste falar nisso? — o Arquiteto procurava ridicularizar o filho. — Módulo! Módulo!

— Perdoe, senhor pai... Se observei foi porque... não sei! Creia-me! Alguma coisa me forçou... Certamente! Nem tive a intenção. Foi uma coisa assim como uma ordem interna... um estalo... É que o erro está tão evidente! Perdoe, mas quando percebi, já havia falado e me abismei!

Enquanto Antoninho se desculpava, verdadeiramente espantado pela própria audácia e incontinência, o mestre examinava a justeza do reparo. De fato, quem está por fora da questão vê melhor, tem melhor ângulo. Já agora, em sua autocrítica despertada, afigurava-se-lhe deficiente a elevação dos peitoris, considerando-se a altura da desguarnecida cornija central.

— Será... será... — o velho balbuciava dúvidas já fazendo surgir da vaidade machucada o broto de uma nova alegria pela perspicácia do filho. Rompeu:

— Tens razão e eu vou consertar isso! Senta-te aqui. Sabes? Havias de dar em arquiteto se quisesses estudar um pouco! Tens a queda, tens! É o sangue! Escuta: agradar-te-ia frequentar lições do mestre João Gomes? Para o que observaste, quanto às janelas, terias uma razão... quem sabe? Tens o tino. Talvez o tino! Dás para a coisa, meu filho, e eu não me engano!

— Pai — renascido pelo orgulho paterno, consciente do acerto da crítica, Antoninho cresceu importâncias —, falemos amanhã, sim? Por ora, o que desejo é o perdão de vossa mercê. É a sua bênção e a permissão para assistir a um lundu acolá, em casa de José Vaz.

— Pois que vá com Deus! Mas filho, se puderes, e eu te peço, deixa lá um pouco o... copo, compreende? O copo! Enfim... que não te prives totalmente mas... mas... Espera — passando ao filho todo o dinheiro miúdo que encontrou no fundo d'uma algibeira, recomendou ainda: — Toma lá e... juízo!

Enquanto Antoninho se ia ladeira acima, o Arquiteto ficou olhando esperanças. Aquela observação fora de truz! Para quem era inteiramente ignorante da coisa, como o rapaz, achar a desproporção no frontispício do templo — e isso, sem conhecer perspectivas, linhas, escalas. — Sim! que o menino havia de dar em arquiteto. Havia de prosseguir-lhe na profissão e seria boa coisa, isto! O irmão, o Félix, já lá andava pelo seminário de Mariana. Seria padre. Os outros iam no encalço do mais velho. Mas este, justamente o único nascido da preta Isabel — tão boa, tão dedicada —, talvez, quem sabe? Trazendo-lhe o sangue de artista e o ritmo, a nostalgia, a humildade do sangue da mãe... — Enfim, o que há de ser, será, e tem muita força! — exclamou o velho para si mesmo.

Manuel Francisco levantou-se devagar do tronco onde estava sentado desde antes da vinda do filho. Devagar, enrolou os papéis e, devagar, esfregou a perna dorida da posição, da idade. Por fim, sacudiu o pó dos calções e se pôs a caminho de casa, porque já se ia fazendo hora para a sopa:

— Temos continuadores! Pois é isso, mestre Arquiteto: temos continuadores e que Deus o proteja! — pensou no jantar com forte gula. — Que teria preparado para o jantar a ladina Isabel?

21

Madrugada balançando geada nos galhos queimados e lá vinha pela estrada de Mariana (pés apertados em dores cruéis) Antoninho Lisboa.

Vinha da festa do José Vaz, lama e vômito.

Ao passar defronte à igrejinha do padre Faria, parou soluçando bebedeira. Embora se esforçasse para anular o desequilíbrio da embriaguez, voltou atrás alguns passos numa tentativa dolorosamente inútil para se manter firme, de pé.

Caiu.

— Duvida?

Erguendo-se do chão mais aquela vez, sem conta, indagou num esgar aos ermos soturnos da hora e do lugar.

— Tu duvida mesmo? — apoiando-se à torrezinha isolada e deserta, olhos bambos postos no cruzeiro tríplice de pedra, erguendo dignidades no silêncio pesado, exclamou cantando no timbre também inseguro. — Padre Faria... padre Faria... patifaria... Perspectiva, pra quê? Modus... modlos... módulo! Vosmecê sabe, por um acaso, o que é módulo? Sabe, padre Faria? Sabe que eu faço qualquer igreja sem módulo? Sem módulo, sem modulação... sem modulamento! Duvida? Quem sabe, sabe! O velho não sabe nada! Não sabe nem dar proporção... (foi difícil pronunciar proporção). É uma besta!

O arquiteto é meu pai mas é uma besta... uma besta... Félix é meu irmão mas é outra besta! Outra besta! Padre! Padre Félix, aquele filho da mãe! Eu não sou padre mas sei fazer uma igreja. Dez. Mil igrejas. Perspectiva... Perspectiva, uma ova! Escorço, outra ova!

Antoninho volteou o corpo rapidamente, indicador apontando como se estivesse mostrando alguma coisa a alguém que o acompanhasse:

— Tu duvida? Tu duvida mesmo? Faço até uma Sé sem ajuda de mestre João, de meu pai... sem padre Faria, sem patifaria...

Firmou-se na própria embriaguez e, com a mão nervosa, riscou sem tremuras um vigoroso triângulo no ar. Depois ensanchou mais os lados:

— Aqui, uma coroa... aqui, uma figura, um São Francisco... Aqui... — marcou na altura do imaginário ápice um entablamento imaginário também, cheio de volutas, de arrebiques. — Faço... Faço... Ai! meus pés! Meus pés! São Francisco, os meus pés!

Súbito, a cãibra apertou violências em dores atrozes. Olhos em lágrimas, bebedeira sumida na impetuosidade das pontadas, sumida pela sensação de estrangulamento dos artelhos doentes, sumida por fisgadas instantâneas, distensões terríveis, pelo estouro dos joanetes saltados, as pernas tortas vergaram-se como estacas ressequidas na queimada e o mulato tombou entre gemidos lancinantes:

— Ai... ui, minha madrinha! Minha madrinha... — Fora a umidade do dia inteiro, a caminhada longa na terra fria... Fora o excesso da noite, as danças, as mulheres, depois.

Arrastando-se no barro, amparando-se aqui e ali, Antoninho conseguiu atingir a confluência da ladeira de Santa Efigênia com a rua Detrás de Antônio Dias.

Enorme no sacrifício da caminhada, a distância exauriu-lhe as últimas reservas, largando-o num prolongado delíquio.

Então, suavemente, abrindo-se a porteirinha de pau singelo da casa vizinha (antes que preta Isabel despertasse), Helena saiu envolvida apenas em lanosa manta de vinho-xadrez, abaixou-se, amparou bem o afilhado, apertou-o demoradamente de encontro aos peitos aljofrados de frios orvalhos, beijou-o (ternura e carinho) nas asperezas da barba rala e arrastou-o com grande esforço para dentro da sala:

— Isso passa, meu filho! — ainda ofegando dificuldades, Helena despiu o afilhado do fato sujo e molhado, agasalhando suas imensas dores nos profundos mistérios de seu leito solitário:

— Reza, meu filho... — descalçando-lhe os sapatos enlameados, recomendou muito docemente. — Reza... pensa em São Francisco de Assis...

Os cabelos brancos de Helena enfeitavam as soledades da alcova.

Na floresta perto, do outro lado do rio Funil, raízes rapinas de um mata-pau gigante enlaçavam-se, estrangulando na força bárbara o tronco já morto de uma velha caneleira. Outrora semente órfã, o cipó-matador começou por refugiar-se no viço sem termo daquela grossa árvore. Logo, plantinha modesta (que modestas começam todas as traições), cresceu na proteção de uma dobra da casca amiga. Depois, cruel, seiváfaga, insinuou-se a intrusa por todos os vãos da caneleira, desenvolveu-se, tomando-a toda, exaurindo-a sofregamente, matando-a devagar até substituir-lhe, na marcha do tempo, a grande copa (só fronde e viço) por sua própria folhagem rala e feia, emergida de mil tentáculos insaciáveis. Por fim, só restou na paisagem aquele vasto tronco podre, comido pelo brózio, erguido só apenas na mudez da inutilidade pelos anéis da raiz destruidora do cipó mata-pau.

22

Nas ruas e ladeiras, lotes de mulas viajantes cruzavam com tropas locais vendendo lenha, abóboras e óleo de peixe.

Começara cedo a faina do dia. Burricos carregados de jacás e cestas atravancavam os becos de menor largura. O homem das cabras já havia passado e o escravo dos leites e dos queijos mercava de porta em porta seu pregão monótono:

— Aiuê... êêêêi... aiuá!

No sobradão do regedor, fazendo canto alto com a rua Direita, as irrequietas bambinelas de tafetá clarinho balançavam no fresco da hora mil clarinhos frescos de sol (brisa brincando de Ano-Novo nas franjas das palmeiras altas).

No assanhamento, deixavam ver de fora a mesa do almoço, já posta, com muito porco, muitos ovos, guisados de folha e arrozes de forno, cabidelas e vinhos e caldos e canjas... Farinhas e beijus, potes de melado e enormes compoteiras de lapidados vidros azuis ou verdes alinhavam farturas de todo o dia, por sobre os extensos *étagères*.

Lavado pela chuva, lá em cima da cordilheira, o pico do Itacolomi fremia humanas alegrias na glória da manhã, muito mais próximo da vila, visto assim através do ar de cristal lavado pela chuva.

— Antoninho!... — a voz ressumava carinho em serenos. Apenas o moço se mexeu na cama ainda gemendo, ainda dorido nos músculos e nervos rebeldes dos pés, ainda sentindo as contrações de revolta no estômago doente, a cabeça porejando enxaquecas dos excessos da véspera, Helena acudiu com uma caneca do chá de seus mistérios noturnos:

— Antoninho... — a fala era doce como o chá era doce. Os olhos abriram-se a custo, em negativas de vida, em remorsos perdidos:

— Madrinha... — Antoninho interrompeu com esforço. — Madrinha... Madrinha, sabe o que é... que é uma... um módulo? Módulo, sabe?

Helena olhava sem aflição.

— Módulo... perspectiva...

— Vosmecê só tem falado nisso desde... — Helena tomou-lhe as mãos com infinita cautela, com infinita doçura. — Só falou no padre Faria, numas janelas baixas demais... Só falou no mestre João... E os pés? Os seus pés? Ainda estão doendo muito, os pés?

Antoninho fez um gesto vago. Então, a mulher disse, como se nada tivesse mais importância:

— Me diga, vosmecê tá querendo se pôr nos estudos mesmo? Tá querendo dar em arquiteto de vera que nem seu pai? Olha: eu só sei lhe dizer que ainda estou esperando pela minha igreja... — Quem poderia saber se Helena falava com seriedade ou na brincadeira? Quem tinha licença de penetrar no íntimo daquela esquisita mulher? — Só assim eu hei de me casar um dia... Eu sempre não lhe disse? Me casar na igreja feita para mim por meu Antoninho querido...

O afilhado insistiu, desinteressado, no gesto inexpressivo. Helena prosseguiu:

— Vai chegar esse dia! Agora, meu filho, bebe este chá que é para dar felicidade no rolado da vida.

De um gomilzinho de lata, despejou a beberagem fumegante. Passou a caneca ao afilhado:

— Bebe, meu filho.

Só minutos passados, Antoninho perguntou:

— Madrinha... felicidade? Felicidade, madrinha?

Os dois permaneceram olhando um para o outro, sem pressa no sem-tempo, ele com a caneca na mão, ela agarrando ternuras no gomilzinho de lata. Era como se cada um estivesse, perdido, em uma estrela no céu.

Na casa do regedor acabavam de almoçar com muita circunstância.

23

— ...Em quatro dias! é o que te digo! — descendo a ladeirinha do Encontro, o abridor de cunhos João Gomes entusiasmava-se com os progressos do discípulo. — É o que te digo, Chico Arquiteto, teu filho... teu filho, não há que ver, é para boa obra. É de boa árvore! Afianço-to eu! Promete o rapaz!

Mestre Arquiteto descia em silêncio ao lado do amigo. Vinha satisfeito mas, como era homem de pouca externação (só metido com seu trabalho, suas igrejas, seus riscos...), apenas balançava a cabeça no compasso da marcha. Manuel Francisco vinha mergulhado em negócios — problemas. Vinha pensando nas oitavas que a irmandade do Carmo protelava no pagamento. E ele já tão sem dinheiro! Preta Isabel já andava notando a preocupação. Já se preocupava também... Tão amiga a preta!

— Sabes tu, Chico Arquiteto? E acredita: riscou-me o ladino, já hoje, nada menos do que uma igreja que, diz, há de ser a de São Francisco, o de Assis... E, por artes do mafarrico, não temos cá na vila nada para o de Assis, já notaste? — O abridor de cunhos agarrou o amigo pela quinzena, fazendo-o parar. Tomaram uma pitada de rapé. O Arquiteto perguntou por perguntar, ideia presa nas oitavas dos do Carmelo:

— Com que então? O de Assis, hein? Boa bosta essa igreja de quatro lições!

— Realmente, a obra não pode ser grande coisa, concordo! Mas é uma promessa e uma promessa bem baseada! Coisas da Helena... — humorou João Batista. — A doida tem suas pancadas pelo santo e pelo afilhado. Que quer? Quem ama não desadora, lá diz o ditado.

Retomando passos, os amigos prosseguiram na descida, já agora discutindo o governo do Galvêas, a necessidade imposta ao povo de economizar, a carência geral de trabalho que ia por toda a capitania:

— Com a parcimônia recomendada pelo reino, amigo João Gomes, havemos de ficar a pão e laranja! Má ocasião escolheu o meu rapaz para se iniciar nas artes... Má ocasião, João Gomes, muito má!

Já embaixo, na rua Nova, bodegas se alinhavam em sórdidas concorrências. Os dois pararam outra vez, mestre João Gomes com as mãos cruzadas atrás da rabona de flanelinha.

— Vamos! — e apontou para o botequim dos Mascates.

Sem se preocupar com o convite, Manuel Francisco exclamou nos orgulhos, já esquecidos dos dobrões, do conde das Galvêas, das economias preconizadas pelo seu novo governo:

— Então, diz-me vossa mercê, o rapaz há de dar em bom traste!

— E não peço para as almas! — exclamou ajeitando no cano da bota branca bonito facão, fino de lâmina e cabo lavrado na pura prata.

Entraram em uma porta. O taberneiro, um luso gordo de Santa Comba, apressou-se, honrado pela alta freguesia:

— Da cana roxa ou do Feitosa, mestre João? Cá para sôr Arquiteto, não há que errar: é a meia do costume com o ladrilho de marmelada, pois não? E já se sabe, cá temos, hoje, do bom que é da tropa chegada ontem!

Enquanto o bodegueiro media largo a meia canada do vinho maduro português, chegado da tropa da véspera, Manuel Francisco Lisboa alimentava mais orgulhos:

— Encaminha-se o rapaz! Era o último que me faltava... O Félix lá está com o latim... Os outros, embora ainda miúdos, também gostam dos estudos. Agora, este! O Antoninho dá-me para o desenho... para a arquitetura. Milagres da mãe. Da madrinha. Enfim, o que há de ser, será!

24

Logo depois de Pentecostes, padre Donato teve de fazer aquela viagem ao Rio de Janeiro. Preferiu arrostar os perigos de Mato Dentro, com suas feras e seus assaltos, para cortar caminho e chegar mais ligeiro.

Pensou em se demorar apenas dois rápidos meses (rasgando largo o pano), mas, chegando à sede da colônia, aconteceu mais isso, sobreveio mais aquilo e o plano de urgência levado bonito nas esperanças de um regresso encurtado na distância de um mundo de léguas (fervendo saudades de Maria Vitória, das igrejas da vila, do povo de lá) gorou de uma vez.

Passou Ano-Bom, passou Cinzas e nada do viajante aflito conseguir despedida do bispo. Na Páscoa, regressou e regressou feliz na tropa de azeite, farinha do reino, miudezas e cinabre para curar bicheira de gado ou racha de carne em negro lambão, tropa consignada a mulato Lourival. (Padre Donato não se esqueceu de separar, a cinco cruzados, oito varas de musselina de algodão para Vitória, para as crianças.)

Quando, dos altos da estrada, deu com os olhos na telharia da vila amiga, ficou que nem menino travesso satisfeito nas reinações, mas, antes do abraço de boas-vindas, já no largo da Cadeia (cansaço moendo corpo sofrido), seu contentamento se apagou dentro de uma indignação fechada.

No meio do ajuntamento do povo formado em volta das azêmolas ainda curvadas ao peso dos balaios e caixas, mijando acres espumados no barro alagado do chão, padre Donato topou a companheira correndo estouvadas alegrias a seu encontro mas, na carreira, vinha tangendo, atrás das crianças de antigos leitos, a surpresa de uma barrigona estourando promessas.

Padre Donato não esperou transbordamentos de boas-vindas:

— Que é isso, mulher? — revolta tinindo nos olhos.

Levantando assanhamento de festa, Vitória espantou-se nas inocências:

— Isso, quê?

— Isso, quê? Vosmecê ainda pergunta? Isso? É uma graça! Ofendido, o padre nem pensava em baixar o tom irado da voz entre todo aquele burburinho de gente que, à chegada de qualquer comboio de fora, principalmente do Rio de Janeiro, virava a praça em dia de sábado de Aleluia:

— Que há de ser, mulher? Essa barriga, ora essa! Tem cabimento? Me diga, essa barriga, eu fora mais de anos, esse filho, agora... Tem cabimento?

— ...barriga? Filho? — murmurou a moça ajuntando as mãos na humildade aflita. — Barriga, meu sinhô? Sei disso, não!

Padre Donato parecia estar a ponto de investir, de castigar Vitória. Punhos cerrados, interpelou pela décima vez:

— Como foi? Diga! Que aconteceu em minha ausência? Vosmecê não tem vergonha, não? Como vosmecê apanhou mais esse filho, mulher desavergonhada? Não entende o que eu pergunto, ou o quê? — o homem exigia em raivas crescentes.

— Sei não sinhô, meu sinhô. Não sou desavergonhada tanto assim, não sinhô. Me perdoe se eu fiz do que não prestava. E eu já não disse? Olhe, eu até lhe juro que não sei direito como foi não sinhô. — Vitória não entendia, não podia descobrir a causa de tamanha celeuma. — E tem muita importância a barriga, meu amo? Eu vou deixar de respeitar vosmecê... e de lhe servir por causa disso só?

— Mulher à toa! Pior do que as do caminho novo de Sant'Ana! Irra!

A acusação, feita assim, no meio da rua, quase aos gritos, aumentava a aflição da humilhada cativa. Vitória estava chorando pela injustiça sofrida (tudo apenas por via duma barriga apanhada ao léu, sem a má intenção de enganar padre Donato...). Vitória não podia compreender o grande mal, a enorme culpa de que era acusada (e se não conseguia ver pecado naquilo?). Que tinha havido demais? E o homem a insistir, a querer por força saber uma coisa que ela mesma ignorava como tinha acontecido. Também... coisa tão sem importância! Então se lembrou:

— Nhor, sim! Só se foi na festa do Natal... Não teria sido? Me diga, meu sinhô, não teria sido na festa do Natal?

— Na festa? E ainda me pergunta?

— Foi, sim sinhô. Eu fui espiá uma lasquinha... Uma beleza, meu sinhô! Tinha foguete... o reis escurinho foi sô Nicodemo da Baixada Seca. O terço, a casaca vermelha de espada na cinta... — Vitória, já esquecida da briga, transformada pela saudade da festa, embarafustava-se, alegrinha, por uma conversa de riso: — Sabe quem tava lá? — Vitória esquecia-se da zanga do padre, da briga toda, para apressar novidades. — Siá Viridiana, da fazenda do Cascalho! — terminou, triunfal.

Mas a cara feia do padre tombou-a de novo para dentro da realidade.

— Obrei mal? Obrei mal, meu sinhô? — a pergunta veio num mundo de humildade ingênua.

Padre Donato não se aguentava mais na força dos domínios próprios:

— Quero saber de festas! Quero é a descaração... o pai! Venha o nome do pai e já!

Vitória se aflige com a expressão peremptória do companheiro:

— Não tem importância... Me diga, meu sinhozinho, pelas sagradas chagas de Nosso Sinhô Jesus Cristo mais de Noss'iora das Dô, eu que lhe arrespeito tanto... que lhe estimo demais da conta... que lhe quero tanto bem — e a mulher era sincera. — Quem vai ter a criança não sou eu? Não sou eu quem? Me diga, mais esse filho tem mesmo muita importância?

Felizmente, o povo andava de roda a seus issos-mais-issos sem caçar mais de notícia além das que chegavam do Rio de Janeiro, ruidosamente, pelas bocas destravadas, transidas, dos moços tropeiros.

— O pai! O pai? — repetia padre Donato, agora baixinho, inconformado, afogando ciúmes no passo apressado, cobrindo de muçungas o braço nutrido da crioula.

— Sei, nhor não! Juro, meu sinhô, pelo bem que lhe quero. Que quero a esses meninos... juro que nem sei decerto como foi... quem foi, quem não foi! Meu sinhô tá é enfarado da viagem comprida. Deix'isso pra lá! Meu sinhôzinho precisa é dum banho aquecido... dum café forte com bolachão, na paz de Sum Cristo. Tá bão?

Donato estava irredutível. Queria saber. Ameaçou, estacando na marcha:

— Ou vosmecê me conta tudinho, tim-tim por tim-tim, ou, daqui mesmo, tomo outro rumo e pra sempre! — o padre ficou imóvel, esperando resposta definitiva.

Vitória desesperou-se de uma vez com a crueldade sem cabimento daquela insistência. Desandou a chorar alto pela desconforme sem-razão do companheiro:

— Sei, nhor não! Já disse! Sei nada não! Juro! Foi na festa! Foi umas vontades que deu de repente ne mim...

— Foi Nicodemus, o rei escurinho? — a pergunta saiu debaixo de outra chuva de beliscões.

Torcendo as mãos, Vitória só fazia repetir sua inocência:

— Tinha tanto canto escuro... Tanta sangria de vinho gostoso, meu sinhô! Hora assim, quem pode segurar suas vontades?

Por fim, baixando a cabeça ao peso da injustiça, buscou palavras para o esclarecimento franco; nariz escorrendo monco do choro:

— ...muita gente... muito aperto...

Mas o padre Donato era bom. Era puro também. Comoveu-se com as falas da mulher. Logo ali, abraçou Vitória, abençoou as crianças, na algazarra de ganhar rebuçados, largou de mão a arenga, a arrelia e foi doce, doce tomar seu banho quente, seu café forte, na paz morninha do lar remansoso.

25

Manhã seguinte, ainda cedo, ainda dorido o corpo da estopada e maleado pela imensa paz doméstica, padre Donato teve de fazer sermão na missa do Carmo.

— Vossa mercê que veio do Rio de Janeiro e ouviu bons pregadores... — convidou o vigário Celestino.

Preocupado com o difuso de tanto movimento recente (a viagem não dera ponto, a inesperada barriga de Vitória, a eventualidade ainda não afastada de uma remoção para Mariana ou Sabará. Talvez para mais longe ainda...), padre Donato perdeu-se a meio da explanação do tema.

Igreja à cunha: o ouvidor, o juiz de paz, dona Marieta do Amaral, com seu grande leque, seus moleques, suas mucamas...

Era a primeira vez que lhe acontecia aquilo: embatucar na procura das palavras. A princípio admirou-se. Respirou fundo. Passou a mão espalmada por sobre o alto da testa. Sobressaltou-se, depois. O assunto a fugir-lhe pelas frases sem arremate atarantava-o mais, desencorajando novas tentativas. Assustado, perdeu-se mais. Perdeu-se de todo.

Pregava sobre a Imaculada Conceição. Os períodos foram apagando sentido até que morreram por completo.

Quando percebeu o naufrágio, o dogma tinha se estilhaçado em suas mãos, de socalão. A dúvida, diluída nos limites, surgiu já em todo o seu tamanho a devorar-lhe o cérebro. Não havia mais como esmagá-la sem as partidas armas da fé. Só atinou em dizer aos fiéis, cozinhando paciências em seus lugares, voz trêmula abafada no silêncio enorme do templo (e o ruidinho seco dos pavios nos altares queimando esperanças, a crescê-lo irritantemente), só atinou em afirmar, sem propósito algum, que os homens condenam na mocidade o que fatalmente vão amar na velhice; que isso é da contingência humana... Parou outra vez, desorientado como gavião flechado na curva da asa. O olhar desesperado bateu nas gorduras do ouvidor com seu chifre em forma de corneta para a surdez adiantada. Resvalou para o juiz de paz, mãos cruzadas em expectativa sobre o volume redondo do ventre. Junto ao magistrado em veludos, percebeu exigentes interrogações na figura amarga de dona Marieta do Amaral, com seu leque, seus moleques etc. Então, cabeça desassossegada no oco das incertezas (Arcanjo Gabriel anunciou... São José, pai putativo... — Que nome feio!) disse, gritando muito, que a estrela de São Tiago, por um milagre da Virgem, andava prometendo chuva nos campos. Nisso, descobriu Vitória escondida no fundo da nave. Os olhos da cativa prenha do escuro, do muita gente... muito aperto... — mansos de inocência, acalmaram-lhe as ideias. Vitória costumava dizer — lembrou-se já sem pressa, pouco se importando mais com o jeito interrogatório de dona Marieta. — Vitória costumava dizer que via quando seu pensamento falava. Com certeza, Vitória estava vendo suas aflições, a dúvida que o tomara e o conturbava muito mais ainda do que a vaidade lesada pelo fiasco da prédica.

Vitória havia de socorrê-lo no pecado porque a crioula não duvidava das coisas, das palavras, das obras, dos dogmas... Vitória não duvidava de coisa alguma.

No colapso da falação, o luzeiro acendido no olhar de Vitória lembrava rumos tirados na Cruz do Sul, do cimo das serrarias. Logo, guiado por essa luz, o padre achou brecha de encontro nas palavras que tornaram a lhe acudir fáceis, arrumadas direitinho como num livro aberto, pela pura força do olhar de Vitória.

Só assim, saltando malícias, pedindo perdão a Nosso Senhor pela falta sem fim, padre Donato pôde terminar sua pregação:

— ...por obra e graça do Divino Espírito Santo. — A fé brilhava de novo como sol de meio-dia, depois de manhã chuvosa — Amém! — e apressou-se a descer rapidamente do púlpito para a tranquilidade segura da sacristia.

De seu genuflexório, Antoninho percebeu toda a cena. Com a sensibilidade recém-despertada em seu íntimo, sentiu uma vontade sem tabela de esculpir, um dia, uma grande imagem da Virgem e, nela, imprimir a expressão exata do amor com que Vitória preta, Vitória cativa, Vitória analfabeta, benzeu-se ao final da oração, olhos desmanchados em felicidade, fitos no altar vazio, onde o fogo do Espírito Santo tornara a acender a sagrada lâmpada do dogma.

— Assim o talento o permitisse!

26

No dia da ascensão do Senhor, Antoninho já sabia desenhar a preceito seus capitéis, profusamente adornados de lobadas folhas de acanto.

Dentro dos arejos da sala de João Gomes (os copos de pinga sempre por encher) o aluno gostava mais de apreciar o sombreado realçante de seu trabalho do que dos elogios do professor, cada dia mais satisfeito com seus progressos.

Ao riscar um pátio imaginário dentro do vergel de um claustro (com área empedrada e nichos por entre o compacto das plantas de vasta folhagem) tão perfeitamente baseou as colunas de elegantes fustes nas difíceis apófiges com a perspectiva exata que o abridor de cunhos exultou, reconhecendo arte de olho-d'água no discípulo.

— Não há dúvida! Não há dúvida! — Mais tarde, João Batista Gomes afirmava suas esperanças à pequena sociedade reunida na bodega da rua Nova (que era a de melhor consideração). — O menino faz-se, senhores! E tome o mestre Arquiteto em bom tento: temos artista! Olarilas se temos!

— Então, que quer o mestre João? — O Arquiteto esvaziou de golpe a meia canada do costume. — Antoninho vai deitando o seu ferrado! E já não vai sem horas...

27

Agosto de 1748.

As mãos, mais grossas agora pelo frio de inverno, já com a incômoda novidade de um eczema a levantar pequenas escamas no dorso rimoso (Os bálsamos de Helena? Os linimentos? Os pós? Opodeldoques perdidos... tisanas inúteis.., mezinhas, unguentos, pomadas... Helena, coitada!); as mãos sofridas na inconformação da autocrítica, impossível (que o escorço do retábulo, embora repetidas vezes sem conta, não satisfazia à torturada inspiração); as mãos que atiraram ao solo os compassos e a régua com a ira da incapacidade reconhecida, rompendo o papel d'Europa, estilhaçando carvões e esfuminhos; as mãos de Antoninho, agora e cada noite mais sóbrio e calmado (que o trabalho absorvia-o por inteiro, e no coração de um homem-gente nunca há lugar para duas paixões); as mãos de Antoninho tomaram, de súbito, vida própria; levantaram no lôbrego ritmo de uma derrota o corpo desesperadamente desiludido e arrancaram da parede gretada um pedaço do velho adobe. Em seguida, tomando o pesado mascoto do pai, o homem reduziu o barro do tijolo a pó. Ajuntou-o numa bacia e o foi umedecendo com a água da moringa até darlhe consistência projetada.

Então, amassou bem a mistura e, com a espátula do Arquiteto virada em cinzel, imergiu-se no trabalho a noite inteira.

Fora, sempre embuçada em seu franjado manto de melânia, Helena buscava remédios sem forma nas velas acesas nas encruzilhadas, nos sapos cosidos com fios de prata, nas tripas dos mochos salgadas e infusas em suco de planta, veneno de cobra, urina de virgem e sangue dos fluxos de seus próprios dentros...

Pela manhã, Antoninho havia burilado sua primeira imagem, mas (pensamento agarrado à expressão de Vitória no dia da prédica do padre Donato) os olhos do Cristo (belos na masculinidade incoercível dos traços mesmo na rudeza do barro bruto) eram exatamente os olhos exóticos da madrinha Helena.

28

Da sacada lateral de seu sobradão avarandado, na rua dos Passos, canteiros de manjericão perfumando o jardim embaixo, mulato Lourival de Mendonça assistia divertido à procissão mascarada, comemorativa da posse do prelado frei Manuel da Cruz como titular do bispado da capitania.

Os cabelos mais brancos, as rugas mais fundas, davam ao mulato um jeito de gente. Mas o pitoresco da frase não mudara.

Adiantavam-se os calores do mês de novembro de 1748.

— Meia sisa que o governo exige pela venda de cada negro é, se não diremos um exorcionismo desqualificado do poder, um estigma injusto contra um povo que possui e guarda seus bens.

Lourival revoltava-se contra o novo imposto decretado para venda de negros. Seus ouvintes, dois capitães do mato, apoiavam as asneiras com a subserviência só não usada no trato com as peças de suas caçadas.

— Nós, e vossas mercês como inefáveis autoridades, temos cabais e peremptórias para julgar, apenasmente nós, que possuímos nossas senzalas abundescentes de negros (exibindo um grande dente de ouro, escandia com pernóstica ênfase as letras de seu incrível neologismo), ficamos, como diz a Bíblia, como a senhora mãe de São João, entre o céu e a terra, sem saber se aliemos nossas peças ou se, pelo revés, aquilatemos outras mais.

— Alienemos ou adquiramos... — corrigiu padre Donato, também envelhecido, também na varanda, também com seu biscoito em suspenso e seu cálice de vinho do Porto. — E depois, quem ficou entre o céu e a terra, amigo Lourival, foi a mãe de São Pedro, e não a de São João — esclareceu suavemente.

— Pedro ou Paulo é tudo uma coisa só! É, pela circunstância de ser tudo profeta. É ou não é? — a gargalhada saiu nas seguranças do poder.

Os capitães do mato riram-se também, muito satisfeitos por terem mais uma oportunidade de demonstrar sabujismo ao dono da casa e de sua bonita fortuna.

Só padre Donato balançou a cabeça pensando como deveria ser triste o ter-se um filho assim.

Pela manhã (charamelas anunciando a festa do bispo) rojões barulhentos já haviam afogado os acordes da retreta, rompendo galhardias de alvorada.

As ruas, embandeiradas nas galas de muita cor, recamadas de verdes folhagens, atapetavam, cheirosas, os passos do povo enquanto das janelas mil colchas pesavam adamascadas púrpuras no drapeamento balançando pela aragem matinal.

Já de véspera, por ocasião da chegada à vila de Sua Eminência, velas iluminaram fuligens de sebo até na mais distante rótula. Agora, às quatro da tarde, o cortejo organizado pela habilidade cortesã e muito da civilizada de Francisco Gomes da Cruz, com variados carros alegóricos embandeirados em arco, guardas de uniformes, partasanas e alabardas, cavaleiros e músicos, negros mascarados, índios e pajens, enormes estandartes e andores (até palhaços havia, contratados para alegrar o percurso), o cortejo preparava-se para a suntuosidade do desfile. Já os arautos estavam em fila com suas compridas cornetas.

No mormaço quente da tarde, o arcipreste de São Paulo abria a ala dos cônegos e monsenhores (monsenhor Mata, de Ouro Branco, fazedor de coplas amorosas; cônego Santana, morador nas escadinhas do Paracatu, com suas meias novas, roxas nas costuras).

Precedendo confrarias e sodalícios, vinha a rotunda figura do capelão dos padres franciscanos da Custódia de Jerusalém. Ambos, sentados em suas trabalhadas estalas de cabiúna, eram carregados por homens de cor.

Para a cavalhada final a ferir-se no largo da Cadeia, os porfiadores cobriram suas montadas de finos chairéis e ricas albardas; equiparam-nas com freios e ferraduras de prata; adornaram-nas com mantos de veludo carmesim; nas caudas, anéis; nas crinas, laçarotes. Nos fatos vistosos embutiram joias. — Que belos estavam! Que portes esbeltos! Que lindas vaidades!

Mas as irmandades dos pretos eram as que mais luxavam e se esmeravam em sobressair pelas complicadas vestimentas de seus corpulentos componentes, sempre acompanhados de muitas negrinhas em rubros vestidos e laços vermelhos, com cestas de flores, de frutos e doces; dinheiro miúdo em alforjes bordados que distribuíam fartamente entre os embasbacados espectadores.

Além disso, não declinavam do tradicional privilégio de formar a impecável guarda de honra dos prelados maiores.

Alfim, encerrando o desfile, após a longa corda dos fantasiados, dos pajens, dos palhaços cabriolando graças mil, vinha o grande pálio amarelo de dez varas, debruns de largo gorgorão dourado, abrigando (marcha muito lenta, ostensório em punho para a piedosa exposição pública) dom Manuel, o novo bispo da terra do ouro.

Longe do bulício da festa, Antoninho debruçava-se na primitiva Ponte da Barra, olhando sem termo as águas do rio (do rio Funil, rasinho nas águas, brilhante no leito de pedras brilhantes) a refletir no claro da lua a cruz de pedra erguida a meio do pétreo parapeito.

Ultimamente, andava mais angustiado. Desde que se resolvera a estudar a sério, sentia-se mais impotente para concretizar na matéria (papel ou madeira) tudo aquilo que lhe assaltava o cérebro em turbilhões de arte pura.

Essa angústia tomava de roldão todos os seus pensamentos, doendo por dentro, rasgando tentativas desesperadas.

A crise vinha se repetindo e se sublimava cada vez que tomava o carvão aguçado para as firmezas do risco. Então, mordia os esfuminhos, os cantos das réguas, os compassos. Primeiro, sentia aquela terrível dificuldade em começar. Reconhecia a falta de conhecimento básico de desenho e perspectiva exigentes de tão demorados estudos perdidos nos vãos do tempo perdido. Sem aqueles meios, era uma pesada luta botar a pesada roda da criação em movimento. Vencida essa etapa (e, de qualquer maneira, vencida), quando não sobrevinha alguma interrupção — o que não era raro — tomava-lhe a apatia do emperro no risco do papel caro. Nessas ocasiões, Antoninho sabia bem a extensão exata da vontade, mas não conseguia desenhar o ideal.

E quando atinava algum progresso, longe de mitigar a tortura interior era para espedaçar todo o trabalho já feito, certo de que aquilo não tinha valor nem expressão; não era novo; havia sido idealizado, antes, por outro artista... Era uma cópia!

Tinha demarcada consciência de sua arte. Não duvidava disso (desde a primeira lição do cinzelador João Gomes e até antes), não duvidava que havia de se projetar na glória, dentro das eras, pelos anos sem fim. Do tempo.

— Do tempo... — pensou alto. — Tempo, essa outra dolorosa constante de sua vida atormentada de doente e artista.

Dentro da água do rio a cruz de pedra tremia serrilhados. Grossas nuvens despontadas do oriente mal filtravam os claros farrapos de lua.

E quando Antoninho reconhecia alguma originalidade em seu trabalho, era para negar-lhe qualquer valor na inconformação de um julgamento muito rígido. Por fim, deixava-se ficar quieto, inútil, sonhando belezas intraduzíveis pelo buril ou pelo carvão. — Quanta arte desperdiçamos em nossos sonhos! — lamentava o mulato.

Por isso, o terrível esforço para não recair na bebida, nas noitadas, na vanidade que nivela todos os homens, do gênio à besta! — Cada indivíduo — pensava Antoninho cheio de fatalismo —, como faíscas de fogo, tem seu destino imutável; uma apaga-se logo, sem deixar vestígios; outra incendeia uma cidade inteira. Nascemos homens como poderíamos ter nascido algas ou um indeterminado verme entre os milhões que pululam num mesmo lodaçal.

Depois, por que, com tamanha temperança, não melhorava das dores? Das mãos, volta e meia comidas de úmidos e desagradáveis eczemas? Por que não sarava dos pés, sempre mais tortos, mais atrofiados, aquela noite mais dolorosos do que nunca e mais rebeldes ainda à vontade de andar?

Deus sabia com que sacrifícios havia chegado até ali, na fuga da festa do bispo, na melancolia da soledade (uma tentação escancarada para a folia bem patusca de Sant'Ana, com cachaça e prostitutas).

Antoninho lembrou-se da negra Mariana Nanica, com suas coxas lascadas na baderna do jongo, na umbigada do batuque, no zumbo da desordem. Mariana Nanica, numa esteira de amor, fazia mais miséria do que no cabo de uma faca! Só lá no bairro xacoco, Antoninho não sentia a dor dos artelhos inflamados, esquecia as moléstias, a vida, a arte! As angústias da arte! Só lá conseguia fazer parar aquela roda perversa e tão difícil de se pôr em movimento: a verdadeira criação! Roda que, uma vez posta em giro, não há mais como fazê-la estancar. A coisa não permite mais repouso, não deixa mais comer, impede o sono, absorve tudo! Então, a pobre da mente humana enlouquece nos infinitos: — "É preciso fazer! É preciso criar! É preciso recomeçar! Está tudo errado... comece, outra vez... ainda outra vez mais... Recomece! Tente de novo... Ainda não está perfeito... conserte... conserte... conserte... conserte..."

— Oi, a tortura da forma, a sede da perfeição. Da vida... da alma! A necessidade massacradora de fazer melhor!

— Para! Para a roda! Para, por piedade! Não quero mais a glória nem o infinito dos séculos! — Antoninho rompeu aos berros nos desertos da ponte.

Empurrando-se do parapeito na violência da inconformação, e antes que retomasse o equilíbrio do corpo troncho nos pés doentes, galopou às guinadas, alucinado em soluços, pela subida do Cruzeiro; barafustou-se pelo Beco da Lapa, atravessou aos doidos bufos o adro de Antônio Dias, entrou na disparada pelo Areal de Baixo e atirou-se de bruços, pés em fogo, por sobre o longo balcão da taberna de Eurico Rapa-Tudo:

— Dois martelos... quatro... Pura! Cachaça pura... meia canada...

Mãos crispadas feriam-se ferindo a madeira do tampo sujo:

— Madrinha... madrinha Helena... sua igreja, madrinha! A sua igreja! Dois martelos, Rapa-Tudo. Dois martelos... a garrafa toda, cudinho de Satanás!

Bastante noite, já de volta à casa, Antoninho topou, no caminho, com um sapo saltando liberdades.

Olharam-se nos olhos:

— Tu és um sapo livre, não é? Então, por que não crias uma catedral? Uma basílica enorme?

De repente, Antoninho pula ligeirezas sobre o bicho e, surpreendentemente, agarra-o com força na lama do chão:

— Eras livre, sabe? Agora, em minhas mãos, tens um dono. És um escravo. Simplesmente, uma coisa. Não és mais um sapo. Serás o que eu quiser que tu sejas. — Antoninho atirou o sapo para cima, tornando a apanhá-lo no ar: — Serás uma bola. Tu não és mais livre! — Espremendo o sapo no alto da cabeça, já sem chapéu além perdido, o moço gritou, divertido: — Ou um boné! Serás uma peruca, estás me entendendo bem? Serás vida ou morte... — logo, rasgou um berro dentro da madrugada: — Ou serás um pincel?

Antoninho passou a maltratar o sapo, seguro pelas pernas de trás, fazendo gestos de pintar.

Indiferente aos reclamos de protesto de um velho surgido numa janela com seu inefável barrete de dormir, Antoninho levantou mais o berreiro:

— Vai-te catar, velho imbecil... idiota... — e prosseguiu correndo mais do que lhe era permitido pela doença, pelo álcool, ao encontro de Helena, que, com a algazarra, já vinha em seu socorro.

— Madrinha... Madrinha, trago-te uma prenda!

Triunfalmente, Antoninho, numa mesura, sussurrou com todo o carinho que só o amor atina em modular:

— Madrinha, trouxe-lhe uma... um... um ramo de flores!

Com suavidade, Helena tomou-lhe o sapo. Entraram e a mulher, em silêncio, encheu uma jarra d'água. Como se estivesse arranjando um *ikebana*, colocou o sapo na jarra com seriedade. Depois, sem uma palavra, abraçou-se ao afilhado e, sempre abraçada, foi-se ajoelhando ao longo do corpo troncho e sujo até que seus olhos, lá embaixo, como os do sapo no abandono da rua, se encontrassem com os olhos do afilhado, cheios de vitória, amados e amantes.

Dando com o afilhado na soleira, não se sobressaltou. Nem estranhou a reincidência de seu rapaz após tantos perdidos dias de sobriedade. Helena sabia que aquilo era comum, que podia acontecer a qualquer gente. Sabia também que escândalo é estado de ignorância pura. — Que mal havia na carraspana de Antoninho? O ruim era que, embora tivesse certeza das razões que levavam o afilhado àqueles paroxismos, não atinava como pudesse evitá-las.

Reunindo forças, arrastou-o para dentro, para o calor do leito, como já houvera feito vezes sem conta em idos dias.

Lamentava sua alquimia não ser bastante rica para o preparo de uma cardina decisiva que incentivasse aquela arte perseguida com tanto desespero.

Vagamente, lembrava-se de ter lido em um cartapácio uma fórmula macabra para fins parecidos, mas o excipiente havia de ser sangue. Sangue de gente. Sangue fresco, colhido ao sol posto. Isso, porém, era uma loucura. A mulher baniu o pensamento usando de energia. Se acontecia agora recordar o filtro era, apenas, pelo muito amor que tinha ao afilhado infeliz.

Aliviado do bate-enxuga imundo pela pândega descomunal, ainda com o forte surro da negra Nanica, Antoninho dormia profundamente sem ter percebido sequer a mudança da pedra dura do beco, onde a embriaguez o atirara na véspera, pelo leitor asseado da madrinha.

Só, dia alto, revirou-se resmungando:

— Sua igreja... madrinha... sua igreja... Nunca mais! Não sei... não posso... — e, de novo, adormeceu cansado.

Helena ficou olhando. Nunca vira tão feio seu pobre afilhado! A barba seca, rala, emaranhada; os cabelos revoltos no pixaim desagradável de cor negro-sujo; os olhos (no sono, entreabertos) vermelhos pelas noitadas, pela bebida, pelos excessos venéreos, pelo embotamento dos sentidos torpes, pelas paixões comburidas da carne; as pernas tortas, nuas; os pés incômodos, artelhos já deformados em garras nojentas...

Os olhos de Helena encheram-se de súbitas lágrimas e, através dessas lágrimas, o vulto horrendo de Antônio Francisco Lisboa foi tomando uma forma etérea, diferente (quem sabe lá as infusões que Helena tomara?).

Rugas asquerosas transformavam-se, aos poucos, em suave acetinado. O ricto da boca (retomada pelo delírio) parecia, agora, um sorriso de vitória, a barba amaciava-se em apenas penugem e a irite mórbida de um frônico precoce metamorfoseava-se na doçura do olhar dos querubins feitos pelo escopo mágico de José Ferreira dos Santos ou do Segundo Mestre de Entalhe Francisco Xavier de Brito.

Mas os pés? Os pés... os artelhos tortos, doentes, doridos? Os artelhos...

Helena ficou velando aqueles pés, mergulhada em um mundo enorme de piedade e cordura.

Então, abraçou-se ao afilhado adormecido, resvalou suas mãos muito brancas pelo corpo troncho, pela barriga grossa, pelas coxas rudes; ajoelhou-se no chão, abraçando-se mais àquelas pernas tortas. Com imenso carinho, com ternura imensa, Helena beijou todo o seu longo amor naqueles pés deformados, ainda bem novos mas já tão amargurados pelos caminhos redondos da vida:

— Meu filho! Meu... meu Antoninho querido... meu tronchinho... Meu querido Aleijadinho!

Na rua, um toque de caixa anunciava novo bando governamental com ordem ao doutor ouvidor, ao capitão dos Dragões e ao povo em geral que todo ouro em pó ou em barras e qualquer diamante encontrado em poder de escravo, tropeiro ou prostituta fosse imediatamente confiscado para a coroa.

30

— Sal de azedas, tem! Óleo de amêndoas, tem! Água de Luce... — trepado numa cadeira, Pedro Lemos examinava o limitado estoque de sua botica. — Ipecacuanha, pouca! Sal amoníaco... Vitríolo... Arsênico podem vir quinze oitavas.

Na mesa ao fundo, tomando café pelo pires, soprando e fazendo cara de gato a cada gole, o comissário de Lourival de Mendonça tomava a encomenda para o comboio que deveria partir dentro em pouco para o Rio de Janeiro.

— Tens tudo, Pedro Lemos! Tuas drogas são como as bichas: apanha-as tu mesmo no ribeirão?

— E povo daqui adoece? — o boticário suspendeu o balanço. — Ares como o nosso não há outro. E a água? De quízilas, Helena dá jeito. Partos, o que não falta é aparadeira de boa mão. Quem gasta aqui droga de botica? Erva do mato não custa cobre... Calomelano, sim! Calomelano pode trazer cinco arráteis. Seis... seis... Que as damas de Sant'Ana estão aí mesmo para minar mazela em minerador besta.

O comissário ouvia o outro numa distração, esgarçando com método a pena com que fazia assentamentos. Sempre distraído, pegou o areeiro de prata suja e secou a última linha da nota:

— Sim! — exclamou ao acaso. — E por falar em Helena, é fato que o menino desaparecido na sexta-feira à noitinha, no caminho do Taquaral, foi sumido por ela? Dizem que foi visto... Alguém viu os dois num matagal, ela puxando o menino pela mão...

O boticário externou seu desprezo num muxoxo de enfado.

— Dizem até que para beber-lhe o sangue... fazer feitiçarias... O diabo!

— Histórias! — interrompeu Pedro Lemos de cima da cadeira.

— Histórias?! — admirou-se o novidadeiro. — Tem-se visto! E que sempre têm-se visto coisas de feiticeira... e o diabo da velhota ainda é um pancadão! Conheceu-a em moça, sôr Pedro? Olhe que nem no Rio via-se daquilo! Trazia uma graça... — o comissário insistia, sem se importar com o aborrecimento do dono da loja. — Em Paracatu, coisa de ano e meio ou dois, uma outra velhota (claro que não chegava aos cascos da Helena), só para se pôr mais nova, comeu as tripas a um recém-nascido. Que me diz a isto? Histórias, também?

— Lérias! Conversa de desocupados...

— Lérias?! Lá vem vossa mercê a dar-lhe! Verdade é que o menino do Taquaral desapareceu até nas sombras lá dele. Conversa de desocupados também isso?

— História! Coisas de outro tempo, já lhe disse! — o velho Lemos enjoou-se do assunto. — E esse menino? Ninguém reclamou do capitão-mor? Era filho de quem? O pai botou a boca no mundo? A mãe — e, depois de uma pausa mal-humorada, arrematou: — Já vê o comissário que são histórias!

O intrigante não respondeu logo. Com um gesto muito vago de pode ser... pode não ser... apanhou na algibeira o relógio inglês e, sem se apressar, abriu o vidro do mostrador em labirinto. Tomou a chavezinha presa mais em cima, na mesma corrente de ouro transversal aos botões de madrepérola do colete cinza, e, meticulosamente, começou a dar a corda como numa operação que requeria o máximo da cautela.

Só então, fechando a peça com um estalido, filosofou:

— Há coisas na vida... segredos... Sabe-se lá! Segredos bem mais profundos do que o poço do coração da gente. Quem jamais poderá decifrá-los? — e guardou o relógio no bolso com enormes cuidados.

— Madrinha, estes chás... esta poção... De que me tem valido tudo isto? De que me têm valido tantos apósitos de arnica... de sal... tantos parches de basilicão? Inúteis bandagens... banhos inúteis... A cabeça... Meus pés não vão bem! Nada tem adiantado! Cardina, pra quê? Nada sai desta cabeça tão cheia de coisas... tão cheia de arte tão difícil de exprimir!

Na rua, ao lado, um carro de bois passou chiando pesos, cantando hosanas, levando grandes pedras para as obras do Rosário.

Os dois ficaram ouvindo o canto das rodas esmagando o barro do chão.

Depois, Helena se ergueu sempre em silêncio, apanhou a caneca vazia, o gomil também vazio e entrou para a cozinha.

Era 1749. Maio.

31

— 1752.

— ...cardina, madrinha! Para que me serve esta cardina? Tantos anos... Dos pés, tenho melhorado alguma coisa... bastante mesmo! Das dores... Das dores, também, mas que adianta se o que eu tenho de fazer será para muito depois de tudo isso? Não serão estes meus pobres pés que hão de me levar para o futuro... para a Glória!

Helena escutava como se não estivesse escutando.

— Se um dia, madrinha, se um dia eu conseguir fixar na matéria tudo aquilo que me ferve por dentro... madrinha, esse dia, madrinha...

32

— 1754.

— ...os profetas em pedra... Enormes... Já imaginou, madrinha? Que beleza se alguém... se eu pudesse fazer isso! Para toda a vida! Enormes... os profetas... Madrinha...

— 1755.

Notícia chegou tenebrosa nos termos: terremoto destruiu Lisboa inteira! Mortos às carradas juncando as ruas! Mulheres... órfãos...

Primeiro dia de novembro! Todos os Santos! Todos mortos...

João Fernandes de Oliveira, o contratador de diamantes, em pé, altaneiro e magnífico, esperando pela Justiça de Pombal sobre as ruínas do cárcere, da cidade em luto...

João Fernandes, pensamento em Xica da Silva, sua estrídula cigarra, mulata fabulosa... fabulosa... Mulata que tinha dez adegas e dez amantes, raspava os pelos do corpo e brunia as unhas compridas; que usava pomadas de cheiro e cabuchões de Paris e véu de malha fina nos cabelos tratados onde enjaulava pirilampos para os fazer cintilar em noites de gala entre os altos penteados. A Xica da Silva, de João Fernandes, que fazia dos homens pirilampos encarcerados também em seus encantos de negra... — "Onde estiver sua arca de ouro, nesse lugar estará seu coração!" — Mentira! Mentira da Bíblia, Xica da Silva! O coração da gente está onde ficou seu último remorso. Remorso do que se fez ou do que se deixou de fazer!

33

— 1757

— A sala estava repleta de esboços: uns, quase acabados; outros, rudimentares nas formas. Partidos alguns. Todos abandonados.

E havia-os de todos os tamanhos. Em pedra branca (tão usada pelos imaginários da época; tão repudiada pelo Aleijadinho, depois); em barro, em saibro, em tabatinga, em madeira... Um tal São Francisco de Paula quebrando a moeda sangrenta para o rei de Nápoles grosseiramente pintado a ocre; uma Santa Helena com ligeira demão de almagre; uma Santa Bárbara. Depois, eram cabeças, troncos, membros decepados; eram colunatas, retábulos, folhas de louro, de acanto, cenas sacras, figuras horrendas, o Sermão da Montanha em desenho lôbrego: a lua projetando a sombra enorme de um Cristo, braços abertos em cruz, por sobre a multidão saciada de peixe e vinho. Saciada das palavras do rabino-maior.

Em mais papéis riscados, esparsos, outros esboços representavam zimbórios, entablamentos imaginários, ganzepes, detalhes de peças torneadas: grades, corrimão, um castiçal, móveis... Trabalhos mostravam, em escala profissional, portadas inteiras, frontispícios de igrejas, lavabos, aduelas, fontes, o berro de um risco obsceno... tudo espalhado sem ordem e sem limpeza.

Pelo chão, havia carvões quebrados nas pontas rudes e mais buris, macetes, cinzéis...

— Não posso! Não posso... Madrinha — a queixa rompia aos borbotões. — Aquilo que eu quero, mas quero de verdade, não é nada disso, não obstante, não sei o que seja! Apenas estou certo de que é preciso que alguma coisa seja achada... É necessário e urgente que eu encontre uma chave misteriosa... persista atrás de uma nuvem, ainda que a busca me custe a vida toda!

Suando, o Aleijadinho agarrava desesperos nas mãos da madrinha, mas Helena, como se fosse de pau, conservava-se imóvel, olhando para fora, para a elegância e sobriedade de uma palmeira aberta em flor defronte da casa.

— Madrinha, vosmecê já imaginou os doze profetas enormes, tenebrosos, erguidos em pedra? Mas erguidos não na pedra branca... horrível! Não no mármore, sem alma... Erguidos os profetas, os meus profetas como eu os imagino ou imaginarei um dia. Em vasto concílio. Todos sérios... Um quadro tremendo! Todos erguidos muito alto, muito longe, num descampado ermo onde só o vento pudesse cantar entre velhas casuarinas. Só o vento interrompesse o diálogo infinito... Os doze... na pedra... a borrasca bramindo na serraria em volta... — A voz ia-se amaciando aos poucos, engolfada no sonho. — Um lugar onde houvesse um planalto... serras em volta... penhas funestas... tabuleirões desertos... sarças... Granito, talvez! Já imaginou, madrinha? A borrasca aberta por fim! O vendaval, os raios... Muitos raios. Trovões bárbaros no reboado brutal! Nuvens cinzentas, pesadas, injustas, varridas desesperadamente por todos os cantos de um céu injusto também, mas fulgurante! Nuvens doidas pelo ódio do vento... espancadas pelo vento... estilhaçadas pelo vento... Só os profetas de pedra, impávidos na pedra... à chuva! Daniel! Daniel, vastíssimo... o leão de pedra... Baruc... de pedra, Naum, Habacuc, o boi, a baleia de Jonas... tudo! Todos na chuva... nas cordas da chuva... sob as iras do céu. Todos marchando com meus pés rimados nas forçadas da Glória. As barbas imensas... todos... eles e eu e a madrinha... e os homens todos... do passado e do porvir! Todos marchando para os infinitos da vida... para os infinitos da morte... Madrinha, depois...

Cabeça caída nos desamparados grotões da fantasia formidável, caída por sobre os rudes reforçados do peito em arca, o artista estertorava nas alucinações desmedidas:

— Madrinha, depois... Que importa depois? Que importam meus pés em gretas, minhas mãos impotentes... minhas dores? Os profetas marchando no tempo, na pedra, no vento, no amor... Daniel! Daniel! Minhas dores! Meus pés!

Uma lâmpada solitária apagava fumaçado de mamona bruta no paredão caiado dos fundos. Em cima da mesa, novas infusões esfriavam nas canecas de folha cobertas em ruma com seus covilhetes.

Agasalhado na magia da noite, cabeça pousando muita paz no colo da madrinha, Aleijadinho ressonava e os olhos de Helena, ainda bonitos, rasgavam nas trevas luzeiros sem fim...

34

— 1759.

— Pombal, o trêfego ministro do Reino, rompe com os jesuítas, toma-lhes os bens, expulsa-os da Pátria. Rompe com o papa! A nova chegou pela boca do administrador-mor dos Negócios de Além-Mar do Conselho Ultramarino, Clemente XIII queria conciliações. Não continuava a política mantida por Benedito XIV entre Pombal e Vaticano. Não servia ao marquês.

O rei, a princípio todo do Carvalho e Melo, entregou-se depois, ao Oeiras. Por fim, ao esperto marquês: as três fases do mesmo Pombal.

Na colônia, as guerras no sul (Sacramento, Missões, Buenos Aires) já vinham do tempo de dom João V.

— 1760.

— A sombra imensa de Gomes Freire estendia-se pelo Brasil afora... Grande Gomes Freire!

— 1761... 1762... 1763... Lavradio foi o último vice-rei efetivo nomeado para o Brasil, ainda em Salvador. Junta Provisória. Que falta fazia Gomes Freire... Enorme! Ouro Preto se agita. Pombal transfere a sede da colônia para o Rio de Janeiro: vice-rei conde da Cunha. Outubro. Vila Rica vibra, 1765. Ouro podre. Ouro branco. Ouro do córrego do Tripuí, ouro fino do rio Funil. Ouro de Cruz das Almas... das Catas-Altas...

Por toda aquela época, angústias cresciam nas deformações do escultor.

Noite, vindo da palhoça da negra Cumbé, uma prostituta derruída do Caminho da Cruz, o Aleijadinho trazia a cabeça cheia de alucinações em fervidos de liberdade.

Descendo a ladeira das Mercês, sofrendo a solidão da madrugada, um sapo tomou-lhe os passos. O Aleijadinho se riu ao ver que o sapo o encarava com atrevidos olhos de espanto. Era como se o sapo o interrogasse, a recriminá-lo. Demorando-se no jogo do sapo, terminou por irritar-se:

— Tu és um sapo? Não! Tu não és nada porque nada sabes criar.

De improviso, com a agilidade de um gato, atirou-se sobre o bicho, agarrando-o com força. Logo, já de pé, falou-lhe com raiva, quase o encostando na boca:

— Tu eras um sapo antes de caíres nas minhas mãos, entendes? Agora, és meu prisioneiro e eu farei de ti o que quiser. — Dilatado na embriaguez, começou a atirar o sapo para cima e a ampará-lo, depois, ainda no ar:

— És uma bola — o riso feria o deserto da ladeira. — Ou uma luva... Um sapato. Serás um chapéu, estás me ouvindo? — com escárnio, espremeu o sapo no alto da cabeça em cabelos. — Um chapéu! Triste coisa é a submissão. Quem não é livre não é coisa alguma...

Já chegando à casa o escarcéu aumentou. Uma rótula se abriu na noite e um velho reclamou da gritaria:

— A essa hora?! Diabo de bêbado...

— Bêbado é o teu pai, arganaz! Que sabes tu e ele de liberdade? De criação? De tempo... Que sabes de sapos?

Helena, porém, um pano na cabeça, já vinha correndo em auxílio do afilhado:

— Bem da minha vida... filho querido...

Boiando em doçuras, o Aleijadinho demorou para sentir Helena na madrugada. De repente, como se voltando a si, falou procurando as palavras:

— Madrinha... Madrinha divina, é você? olha: trouxe-lhe um ramo de flores. Madrinha, um ramo de flores... — num requinte de elegância trôpega pela doença, pela embriaguez, ofereceu a Helena o pobre sapo.

Arrastando o afilhado para o conforto de dentro, Helena segurava o sapo como se fossem rosas. Na sala, encheu um vaso d'água colocando, dentro, o sapo:

— São lindas as suas rosas, meu amor...

Os olhos de Helena eram os da Senhora da Piedade.

35

Janeiro. — Ouro Preto. Vila Rica de Nossa Senhora do Pilar de Albuquerque, tão longe da vida dessa vida de tudo...

1765. Maio. — Terra pouca de fresco revirada no terreirinho de Além-Sant'Ana (cercado por via das cabras vadias), dote da irmandade dos Menores, estava era dando o que falar.

Povo dizia que aquela terra fazia milagres de amor e saúde porque Helena era boa.

Outra gente condenava a terra como amaldiçoada: a mulher fora uma bruxa. Feiticeira! Bebia até sangue na seita do Sujo! Dela, só podia vir o mal, a desgraça, a intriga...

Benziam-se todos. Uns: — Esteja com Deus! — Outros: — Vai-te com o Cão!

À noite (foi a primeira depois da desgraça, noite de sábado, dia de Oxum), o azul relampeado do fogo dos mortos parecia dizer: — De onde ela veio, ninguém soube nunca. Viveu sempre nesta vila, esse bandão de tempo, sozinha e largada com seu afilhado, o troncho arganaz, mas foi forasteira no coração do povo.

— Não vê como a bruxa virou um rapaz até bem-apessoado em um morcego de igreja, trissando blasfêmias?

— Te acanha, comadre, repita mais não que a moça era bruxa! Te alembra de Nica, de Nica, tua filha, sarada de doida com chás que ela deu?! Antoninho se vive é por força dela. Se gosta dos santos, por força de Deus. Se, hoje, anda torto é da zamparina moléstia apanhada na cama das fêmeas...

— Comadre, tu sabe que a Nica morreu! Helena só fez foi pôr muito encanto no filho Antoninho de sô Arquiteto...

As duas comadres voltavam do enterro, falando conversas que o povo falava. Uns: — Fique com Deus! Era uma santa! — Outros: — Que te guarde o Capeta! Foi uma lâmia!

E quando a noite banhava sereno por cima dos arvoredos, a ermida de Sant'Ana, com sua terra pouca (cercada por via das cabras vadias), fazia era dormir suas taipas entre rolos de bêbedos e gritos de prostitutas; só do que era tão cheio o caminhoto, tão cheio de fomes da carne; de carne tão cheia de angústias da fome; da fome de ouro, de amor e de paz.

1765. — Inverno. A estúrdia das folhas secas no vento vadio pintava de frios a galharia morta.

Um dia, esqueceram a campazinha isolada de Além-Sant'Ana, como a gente se esquece de tanta coisa na vida, nessa vida de tanta coisa...

36

— *Heterodactylus imbricatus!* Sim, senhores! Quero um *Heterodactylus imbricatus*. Apenas um *Heterodactylus*! — e o alemão repetia, separando bem as sílabas, em sua enorme sapiência. — Este é o lagarto! Alguém pode dar-me o lagarto? Não! Nada mais exijo exceto o lagarto! Raríssimo... Verdadeiramente, raríssimo! Apenas no Grande Museu de Paris existe um *Heterodactylus*, mas em péssimo estado. Eu próprio o vi na vitrine do senhor doutor Flemant. Joseph Flemant, da Academia de Ciências e Filosofia. O Museu de Berlim, melhor sem dúvida, não dispõe, infelizmente, de qualquer *Heterodactylus imbricatus*. Lástima! Ó, senhores, esta é uma grande lástima! Muita lástima!

Mais ou menos isso, na língua da terra, era o que dizia o muito sábio doutor Hermann Lemm (enrolando-se nas palavras difíceis do português, errando sempre no gênero dos substantivos).

Ajudando a expressão com os mais inesperados gestos, insistia pelo seu lagarto aos muitos basbaques juntados ao redor de sua tropa não menos esquisita, naquele justo momento chegada dos longes do mar.

O naturalista, chefe da bizarra expedição alemã, trazia cerca de quinze animais cargueiros, ajudantes, criados, escravos e guias.

Sobre o lombo das mulas acumulavam-se os mais diversos e excêntricos objetos: malas de couro ferrado com grandes cravos, instrumentos complicados, vidros de todas as formas, caixotes...

Muito mais curiosa ainda, porém, era a inusitada vestimenta de Hermann Lemm: chapéu inglês de grandes abas duras, amarrado desde o cocuruto até o queixo extremamente ruivo com um lenço repleto de nós e cordões; casaco de paninho verde (bolsos abarrotados de tudo, inclusive dinheiro) a descer-lhe pelos joelhos agudos na violenta magreza, escondendo na cinta de lona não uma espada ou uma pistola, mas um simples guarda-chuva fininho, inofensivo no cabo de metal torcido; calças de casimira apertadas e compridas, cobrindo, em forma de polainas, os sapatos de solas ligeiras, abotoando pelos tornozelos acima mil botões de madrepérola cor-de-rosa; a barba, em aguçada ponta tremendo a cada palavra no esforço da pronúncia como se fosse impelida por forte mola, eis, em felpas muito louras, a esplêndida figura do naturalista.

Súbito, o erudito homem irrompeu em mais exclamações, agora para ralhar muito zangado com o ajudante exótico também:

— Senhor Bunge! Pelo amor de Deus, senhor Bunge! Como pode consentir que um negro estúpido toque as mãos em minhas *Oxycheilas*? — e, sempre gesticulando fartamente, explicou ao curioso mais próximo. — O Grande Museu de Berlim interessa-se também por escaravelhos da América. Sabia o senhor... Como chama-se o senhor? Não faz mal! — ele próprio respondeu para esclarecer. — O nome não tem qualquer importância. Nenhuma importância, senhor! Mas o Museu de Berlim... Conhece o Museu de Berlim? O senhor já teria ouvido falar do Museu de minha Pátria? Não! Não ouviu certamente. Um grande museu! Aquilo — e apontou para o vidro que o ajudante havia confiado, inadvertidamente, ao escravo —, o *Oxycheilas tristis,* é apenas uma Cincindelina. Alimenta-se, de preferência, com moscas apanhadas nas árvores, nas pedras... enfim, com moscas onde encontre moscas. Percebe o senhor? Tome nota: *Oxycheilas tristis*, comum nos trópicos. Agora, sim! Agora, certamente, aceito uma taça de café. — E o cientista emendava frases numa pressa sem motivo. — Não! Nós não trouxemos café conosco. Ou melhor: trouxemos, mas perdeu-se todo em viagem. Quando partimos do Rio de Janeiro, os animais ainda não se encontravam bem ambientados na estrada. Soltaram-se. Uns fugiram para o mato; outros, deitaram-se no solo... enlamearam-se! Ainda em São Cristóvão! Assim, perdeu-se todo o nosso café. Não compramos mais! Café é bom! Agora, certamente, aceitaremos todos um bom café!

Quando o alemão se afastou com seu vasto acompanhamento, mais enriquecido, agora, com o bando de curiosos locais, o Aleijadinho ficou pensando, divertido: — *Heterodactylus*... Cincindelina... Ainda hei de fazer um santo com a cara desse alemão!...

37

Apenas a tropa do naturalista se recolheu para o reclamado café, a compensar impossíveis na aquisição do difícil lagarto, à chácara cômoda, da cômoda senhora Marieta do Amaral, com seu grande leque, suas mucamas... doida por escutar (mais a mana Sinhorinha) as falas viajadas do homem de fora, o sol da tarde tomou conta do bairro, batendo tórridos recreios nas já desertas pedras do chão.

Além, só um morro doente na vegetação maninha faiscava reflexos quentes de pesados minérios, e mirrados cocos-de-quaresma grimpavam os escarpados alpestres da vertente.

Em frente, a montanha do Itacolomi brilhava na luz.

Na ladeirinha de escadas de São Ivo, num canto da vila, duas velhinhas apoiavam destinos nos cotovelos fincados na fofa samarra que servia de forro ao peitoril de uma janela indiferente, sem os vidros da moda do luxo francês.

Horas sem conta, trazidas de distantes juventudes, gastas a fio na vigia da rua, ficavam as duas de espreita ao vazio com olhos vazios dos nadas presentes.

Na acoria do tempo só ali remansoso, eternas moças haviam de herdar a conformada incumbência para transmiti-la, na lei da atalaia, conformadas também, a velhices eternas, na acoria do tempo só ali remansoso.

Olhando a mesma rua, sempre duas velhinhas, sempre a mesma janela, a mesma postura, a indiferença infinita, o mesmo vazio, as roupas, as mesmas! Sempre os mesmos vestidos gorgorões, paetês, sem sustos, velhinhas, como as preguiçosas batidas sem fim do velho monjolo de seus corações.

Marisquinhos pregados nas rochas do mar daquela janela fechavam modéstias — olhos e rótulas — esparsos momentos a cada passagem dos moços bonitos como ondas batidas, salgadas ameaças. E a sala (paninhos-crochê no grande oratório que foi do barão, com flor de papel e lâmpada acesa em óleo de amêndoas, votiva nas graças de paz e saúde), a sala guardava nas arcas dos séculos o cheiro decente da honesta resina da dura arceira trissando presença dos himens guardados faz dois centenários!

As rótulas, sempre. As velhas, os himens, as moças guardadas. A rua deserta. Os ontem das horas, os hoje sem fim, o igual do amanhã... Donzelas-marisco. Janela imutável. Os moços bonitos que vão sempre embora pra beira do mar...

— Foi no tempo do barão das Catas-Altas, aquele que servia almôndegas de ouro aos seus convidados...

38

— 1765. Novembro.

— Resolveste-te? Então, Antoninho?

Chegavam, pai e filho, da longa e costumeira visita aos monges do hospício onde, às sextas-feiras, serviam frescos oxicratos.

O Aleijadinho não respondeu logo à interpelação. Já vinham falando no assunto desde a rua.

Ante o silêncio que se fez, o Arquiteto largou o chapéu a um canto da mesa e principiou a revolver objetos em sua banca de trabalho.

O filho entreteve-se a observá-lo. Sobre o tampo grosso, de cabiúna, um risco aberto mostrava uma portada com pormenor avivado a vermelho. Outros papéis continham plantas baixas, pequenos detalhes de obras ou simples traços ainda sem formas definidas: gárgulas, seteiras, atlantes, púlpitos...

— Afinal, tens já trinta anos! Trinta e cinco... ou seis, não? Há mais de quinze, seguramente, mestre João Gomes prometia a Deus e ao mundo fazer-te arquiteto com três pancadas! Que tinhas talento às carradas, dizia ele. E... como se vê... — o gesto triste terminou a frase.

Antoninho permaneceu mudo, olhando sempre os desenhos esparsos. Os olhos, agora, estavam a se fixar numa cimalha inutilizada. O pai prosseguiu indiferente à atitude passiva do filho. Esforçando-se para conservar paciências, disse em tom explicativo:

— Conforme ouviste ainda faz pouco, o Domingos de Oliveira arrematou, por fim, as obras da capela nova da Ordem Terceira. Ouviste de frei Maurício! — Mudando de tom ao mudar de assunto, pediu: — Dá-me aquela garrafa! Tu bebes? — serviu o filho, encheu o próprio copo de vinho espumando roxos alegres e, antes de beber, passou a mão peluda pelos lábios, preparando-se para o gozo. — Padre José, irmão Ferreira e o procurador Manuel Cunha, o Cuninha, já concordaram em que o risco há de ser meu aproveitando-se uma velha ideia do Cláudio Manuel da Costa, que a Tereza Alvarenga faz gosto e, por isso, mete-nos fortes ouros nas mãos. — Enxugou o copo com ordem. Tornou a enchê-lo e, sempre com muito método, colocou-o sobre a quina da mesa. Pousado o copo, prosseguiu: — O Ataíde e o Xavier Gonçalves vão pintar os interiores, o teto. Alguns papas. A ceia, talvez. Já se escreveu para São Paulo com recado aos dois. Minha grande ideia, veja lá! — mudando novamente a entonação da voz, o Arquiteto buscou interessar o filho na coisa. — Eu gostaria que discutisses comigo certas dificuldades. Será difícil trazer a luz para dentro da nave sem quebrar a harmonia do risco das paredes laterais. O Cláudio insiste em projetar obra arrojada. De guerra. De soldados. Será, no dizer dele, um templo militar. Daí o risco difícil para a luz natural. Usarei, por certo, corredores, clareados por varandas, fechadas. Varandas internas de arcos abatidos. Que te parecem os arcos? As varandas?

A pergunta foi fortemente intencional. Aproveitando-se do silêncio de arejo, o Arquiteto fez a proposta decisiva já na certeza de haver prendido a atenção e o interesse do rapaz:

— Queres tu ajudar-me? Ajudar-me como aprendiz, depois, na obra que me será dada a meias? Não que eu precise de ti — ressalvou, para resguardar vaidades e para incentivar ainda mais sem o recalcitrante. — Afinal, seria uma boa ocasião para mostrares que também tu... Enfim, que és ou virás a ser um artista como teu pai... como teu tio Antônio. Ouve cá, filho — com a ponta mais aguda dum esquadro apanhado a esmo sobre a mesa, apontou para o Aleijadinho. — Não te quero mal, e se, até hoje, não andamos muito parelhos é que... Sabe-se lá! Sei que te queixas de tudo... de mim... Queixas-te de não poderes passar para o papel tudo aquilo que te vai pela cabeça ou pela alma ou pelo coração que, disso, pouco entendo. Sei que queres perfeições na matéria, na arte e só de perfeições cuidas, mas, hás de convir, filho: quer-se as coisas em termos! Nada de exageros! Um homem trabalha por trabalhar, para ganhar sua vida, porque é preciso que trabalhe. A beleza, os requintes... Não sou contra as perfeições. Mas, perfeições, hás de me dar razão, virão com o tempo. Virão depois, com as práticas! Em se podendo, é claro, havendo oportunidade e talento, faz-se do melhor! A gente se esmera. Faz-se arte... a tal da perfeição que tanto procuras. Mas essas ninharias são luxos supérfluos... complementos... enfeites... — a mão do velho, calejada nas experiências da vida, agarrava nadas no ar. — Sem te abespinhares, que to peço eu, diga-me: que santas coisas já fizeste por esta tua arte que tanto alardeias?

O Aleijadinho persistia em não responder coisa alguma. Com o dedo (o sabugo de uma unha arrebitado crescidamente) teimava em acompanhar, como se recobrindo, o traço do indeterminado projeto paterno. Depois, ambos tornaram a beber do vinho roxo. Só então o pai tornou às falas:

— E agora, filho, já que te libertaste da má influência da tua falecida madrinha, que a Helena bem soube te envolver em maluqueiras...

Pela primeira vez desde o princípio da conversa, os olhos incertos do homem calado brilharam com descomedida força:

— A madrinha foi a única pessoa de quem eu gostava — a voz rompeu áspera pelo prolongado silêncio, mas adocicou-se logo para terminar apressada — e que gostava de mim! — Olhos fixando rancores no pai, o dedo errante estacou recalques num dos ângulos do barrete da figura.

O velho percebeu o choque mas não desperdiçou a boa vaza:

— Melhor! Ficaste mais livre assim! Já agora ninguém mais gosta de ti nem tu gostas de mais ninguém e o amor, menino, tanto de ida como de volta, é uma peia filha das unhas!

— Livre, senhor meu pai? Fiquei mais livre agora, diz vossa mercê? Livre de quem? De quê? Para quê? — a pergunta saiu de roldão, avassaladora. — Pode vossa mercê me dizer o que é liberdade?

Manuel Francisco assustou-se com o filho:

— Ora, essa é muito boa! Que é liberdade? Com que então o menino quer saber o que é liberdade! Liberdade é o não seres nenhum negro cativo. É teres trabalho sempre à mão e quanto haja! É saúde e que uma chuva não o derrube com mil constipações e defluxos! É teres do teu com que abarrotar uma arca... não depender de ninguém. Sobretudo, isto! É poderes comer bem... beber melhor... dormir de um sono só a noite inteira, mijar com abundância e diposição... É ter-se livre a tripa duas vezes ao dia! — a gargalhada estrugiu nos sadios materialismos. — Perdoa, filho! Tu és muito melindroso. Tens o sangue desconfiado da Isabel, coitada! E, lá por não teres ainda do teu, do contado, não teres até agora uma profissão, não será razão para... Sim! Terás, um dia... certamente... e não te apresses que esta casa é tão tua como dos outros, dos de Antônia: o Félix, a Conceição, a Madalena...

— Não, pai! Não sou tão sensível como vossa mercê me acusa e, se não tivesse sido alforriado na Pia pela bondade de vossa mercê, seria hoje não um filho igual aos de vossa mulher dona Antônia, mas um simples escravo como foi minha mãe, a preta Isabel, de quem herdei este meu sangue, pode vossa mercê dizer sem desdouro para nós. Mas isto nada tem a ver com minha pergunta, com a liberdade. Escravidão não é a dos cativos, pobres-coitados a quem vossa mercê se referiu há pouco com tamanho desprezo; homens que são escravos por mera eventualidade, porque foram caçados na África e vendidos pela ganância de seus semelhantes a outros semelhantes. A verdade é que isso não impediu que alguns deles, os que realmente mereceram, se tornassem, depois, mais livres do que antes. Lembre-se vossa mercê do Chico Rei, da Encardideira; de Zumbi dos Palmares, lá nos nortes... Escravidão é a do homem branco, principalmente quando precisa apenas viver para fazer os filhos viverem. Escravidão ainda maior é a dos tímidos que se dizem livres nesta terra. Livres, com efeito, mas infinitamente sujeitos a uma opinião pública cheia de tirania; a um vago nome de vagos antepassados; ao clero estático e faminto; à família, a uma possível honra, ao próprio sexo egoísta e absorvente, aos acanhados limites de suas inteligencinhas; ao desesperado temor de virem a ter, um dia, mulheres adúlteras, filhas meretrizes e netos bêbedos ou escandalosos. Homens livres que nem direito têm de remar contra a maré d'El Rei, de discordar de um simples edital, ainda que a ordem seja para lhes extorquir as almas.

Deleitado, o velho escutava o rojão violento. Pacientemente, esperou que a enxurrada terminasse para provocar mais fundamentações:

— Muito bonito... tudo! Parece até discurso de feira! Mas, diga-me o menino: E tu? Não tens o Maurício? Não tens um escravo desses que o são apenas por uma eventualidade, mas nem por isso deixam de levar seus açoites quando nos servem mal? Por que não alforrias tu o Maurício? Por que não o alforrias de mão beijada já que tanto te irrita a falta de liberdade?

O Aleijadinho não tardou com a resposta:

— Veja vossa mercê, senhor pai, que ao Maurício, que a todos os negros cativos dos que vossa mercê chama de escravos sem liberdade, nada lhes importa o governo, pregões, bandos ou derramas; sisas ou meias-sisas; estancos ou impostos; minas ou datas; ouros ou mandos, tudo injusto, escorchante ou roubado! A vossos escravos, vossa mercê obriga-se ante Deus, ante as leis e ante a sociedade a alimentar, vestir, cuidar-lhes da saúde e até de os casar! E que se preocupam eles com vossa mercê? Que os obriga a nada se não a um pouco de trabalho cristão? A obedecer às vezes, raras vezes? Que mais podemos exigir de nossos escravos além dessas pequeninas coisas corporais? Nem mesmo do afeto ou da mínima gratidão deles somos nós os donos! É certo que está em nossas mãos bater-lhes... açoitá-los. Mas que saberemos ou que poderemos exigir de seus corações, de seus sentimentos, de seus subjetivismos? Podemos fazê-los derramar lágrimas de dor, mas desconheceremos lamentavelmente a razão por que choram no silêncio das senzalas. Diz-me, senhor meu pai, quem, no fim, é mais cativo: eles, os negros, ou nós, os senhores? Tristes senhores somos nós!

O velho coçou o toutiço entretido, demoradamente, muito interessado na fala excitada do filho:

— São pontos de vista! Coloca-te tu onde quiseres e terás o ângulo que desejares! — E terminou didático: — Se nos fosse dado ter uma noção mais exata do tempo e do lugar que ocupamos no mundo, meu rapaz, outros galos certamente cantariam em nossa freguesia. Ora, adeus!

Durante momentos, os dois imergiram-se em forte calação. Sempre sem dizer nada, o velho sorveu uma larga pitada de rapé, assoou-se com estardalhaço e principiou a enrolar suas plantas pensando em tudo aquilo, surpreendido com a violência do filho. Depois, sacudiu a poeira do chapéu e colocou-o na cabeça, sem pressa. Com muita meticulosidade, examinou os restos do vinho, o mosto em bocados no fundo do copo. Iria até a botica da rua Nova — esclareceu — passar um bocado da tarde em companhia de amigos, poetas e clérigos inteligentes, discutir política com o Pedro Lemos: — O Cunha, no governo do Rio de Janeiro, era um saco de trampa! O Lemos também era contra o governo. Sempre contra qualquer governo passado, presente ou futuro.

Desta vez, quem rompeu os nebulosos aranhados da conversa foi o Aleijadinho:

— A liberdade da minha angústia, senhor meu pai, é apenas o dom de possuirmos o poder da criação. Que importam a mim as coisas diretas, objetivas, de consequências imediatas! — o moço agarrava-se com entusiasmo ao tema de suas alucinações constantes. Já não reservava ou escolhia palavras de justos significados: era a roda pesada de sua complexa imaginação que, uma vez posta em movimento, difícil estancá-la sem perigo de colapso. — Mas criar, não com estudos preconcebidos, percebe-me? Não com raciocínio frio, calculado, normal às pessoas extremamente sensatas, ou com a necessidade vulgar do trabalho bruto para ter com que, depois, encher uma arca, conforme diz vossa mercê... Liberdade é criar dando alma verídica à coisa criada; dando-lhe força especial somente com o arrebatamento divino de nossa própria alma; criar o que se imaginou criar um dia, desde o ainda informe... desde os esgarçados de um sonho e transportar tudo ou para o papel, em um desenho, ou para a pedra, para a madeira, em uma talha, ou para o povo, numa ideia, mas transportar para a vida, para o porvir, para a Glória! Feito isso, um homem pode morrer sossegado. Nada mais há que o demore na terra! Esse homem atingiu, sem dúvida, sua liberdade! Vede o Filipe dos Santos? Isso, para dar um exemplo cá da vila... Ao projetar seu ideal nos anos futuros, não importa se justo ou inconsciente, mas ideal criado desde o primeiro sonho ao pé de uma cancela tosca na estrada de Cachoeira, até o estilhaçado final do corpo nas pedras destas mesmas ruas, por ordem do escravo-mor: o porco lusitano...

— Cala-te, rapaz! — o Arquiteto interrompeu o novo arroubo, agora imprudente sob o guante mesquinho de um governador medíocre e vingativo. — Pelo visto, queres tu também trocar os pincaros de tua arte por uma boa forca! Estás-me a sair um turbulento, diabo! Mas, cá pra nós, tens razão! — o Arquiteto baixou a voz como se temesse espiões do palácio. — Que essa corja que por aqui anda a nos mandar... este madraço... esta biltre desta coroa de merda... estes chifres de parvos e ladrões... O diabo é que as paredes têm ouvidos! Ou desconheces o ditado?

— Canalhas... Todos... Cortesãos de meia-pataca! Sardanapalescos desavergonhados!

Subitamente, os dois se puseram a rir, já bem entendidos quanto ao julgamento que ambos faziam do rapino governo de aquém e de além-mar.

Encaminhando-se para a porta, para sair, o Arquiteto arrematou, fazendo ranger as largas tábuas do assoalho sob o forte pisado de suas botas:

— Bem! Vou a meu passeio. Farei por te entender, meu rapaz! Afinal, terás boas razões para teu comportamento tão diferente dos demais... Mandrião tu não és e bem o sei eu! serás, talvez, um artista a teu modo... O que te falta é um bocadito de experiência das coisas. Andas muito no ar... muito inconformado ainda. Será da idade! Homem de veras, só depois dos cabelos brancos! Condenas a escravidão mas usas do Maurício para teus recados, tuas limpezas... O que desejo é que, algum dia, possas te encostar a essa tua liberdade ou criação ou lá que nome lhe dês como quem se encosta a boa árvore. Então, montado em tuas vitórias, que arrotes para o mundo, para dentro dos séculos vindouros, aquilo que realmente tens dentro de ti para arrotares. Sim, que tens, tens! Como diria o mestre de entalhes Francisco Xavier de Brito — Manuel Francisco descobriu-se com circunspecção ao se referir ao amigo morto, aquele que, muito antes de João Comes já havia descoberto talento no rapaz —, que Deus lhe fale n'alma!

E desceu as escadinhas de miúdos degraus.

Naquela noite, entre enorme material, Antônio Francisco Lisboa resolveu trabalhar duro — e trabalhar com toda a força criadora de sua liberdade, ou lá que nome tivesse aquele delírio na opinião simplista do velho construtor — na futura obra da igreja do humilde orago da madrinha Helena.

Mas, antes, e pela derradeira vez em sua longa vida embaraçada e rude, o Aleijadinho largou-se em um dos mais sórdidos biongos do Alto da Cruz e bebeu sozinho (ele e Deus sabem com que alucinações fabulosas de arte, de pensamentos e lembranças, anseios e angústias: — Madrinha... Madrinha Helena...) mais de um quartilho de pinga pura, pura, pura...

39

Pela manhã, mal curtida ainda a camoeca da véspera, mal dissipado o esgotamento pelo trabalho exaustivo em tão más condições físicas, o Aleijadinho já havia passado para o papel todo um bosquejo viril de como teriam de ser, na realidade da pedra, os arcos abatidos, os varandins internos de altos bota-réus e os corredores laterais do templo encomendado ao Arquiteto. Às oito horas, o bosquejo já estava em ponto de ser submetido sem temor à vaidosa, mas severa, crítica paterna!

— Não! Trifólios, não, meu senhor pai! Nem trifólios, nem botrioides fenestrados! Vossa mercê andava muito certo ao condenar a obtenção fácil da luz solar pelo velho recurso dos óculos! — O novo artista afirmava pouco depois, exibindo ao pai surpreso com tamanha capacidade de trabalho e energia criadora, plantas riscadas em tumulto. — Assim, com varandas e corredores, fica mais bonita a obra. Fica mais soberba! Será, na verdade, um grande templo militar, creia-me!

— E tu, meu ladino, soubeste como o fazer! Hás de ir longe, filho, que a mim não escondes o leite! — os olhos miúdos do velho português brilharam esquisitamente, tal como brilharam no dia distante em que teve aprovado seu primeiro projeto apresentado aos maiores da confraria, então também de língua solta nos fogachos da mocidade, na certeza da pura incompreensão humana.

E isso já fazia muitos e muitos anos...

40

Avançando o cavalo do rei para casa já calçada pelo peão do bispo da dama, a torre do roque descoberta, a dama preta em posição de ataque, Zé Onofre declarou xeque-mate a padre Donato.

— *Vade retro!* — exclamou o velho religioso, vencido, balançando a mesinha, preconcebidamente, para desmanchar o fiasco.

— É que o novel jogo entabulado de alvos e negros não se introduz no latim da missa, reverendo! — Mulato

Lourival, sentado em um tamborete entre os dois parceiros, não conseguiu represar a ocasião de romper bonito discurso. — Nem será coisa para licenciados! Vence quem sabe como na oratória propedêutica!

— Realmente... realmente... Xequezinho-mate! — confirmou Zé Onofre, modesto, sem prestar muita atenção às sandices do rico viajante-mercador.

— E é vosmecê quem mo diz, reles funileiro! Passemos um pouco ao gamão que, não sendo porfia para lentes de tachos e sangrias, como dirá o nosso Lourival, dar-me-á azo de mostrar minha força e lhe prometer capotes às nonas!

Lourival aprovou o gamão. Enquanto alguém foi buscar peças, dados e tabuleiro, os três sorveram, divertidos, grandes piadas de rapé. Logo, o padre guardou um vasto espirro em seu vasto lenço vermelho, de Alcobaça.

De dentro, vinham quentes cheiros de café torrado.

— Por falar em latim — perguntou o artesão —, a igreja do Assis está ficando um brinco. Repararam?

— Belíssima! — concordou o padre. — Também... está em boas mãos, que o velho obra milagres! Naquele jeito de doente (que o coração não lhe vai bem — ressalvou), sempre resmungando mais do que sapo-tanoeiro espiando fogueira, o Arquiteto vai fazendo serviço de meter vista!

— E o filho? — Lourival exigiu atenção também para o Aleijadinho. — Quem nos diria! Aquele peralta de cuja ingerência neste mundo foi testificário ocultar este modesto que ora toma os usos da palavra entre tão implícitos companheiros; o filho, aquele prevaricador das leis que só rumejava vinhaças e se pôr nas... Perdão! — levantando-se um pouco do tamborete, para as devidas satisfações, arredou com decisão as abas do meio-fraque. — Perdoe-me esta exaustiva sociedade composta de um reverendo incíclico, que o mal desfraldado hábito do linguajar pornográfico sempre nos... — estacou de novo, cansado, como se estivesse a arrancar do cérebro palavras recalcitrantes, mais enraizadas do que tiririca em barranco. Por fim, desistiu. — Raios me partam, que já lá ia a me sair outra sacanagem!

Padre Donato afogou-se na gargalhada:

— Diga seu palavrão, homem de Deus! Deixa que as palavras saiam pela boca tal como se formam na mente ou no coração. O querer substituí-las por outras, Lourival, nem evita o escândalo, se a intenção foi o escândalo; nem se foge do pecado, se houve propósito de pecar. Ao contrário: deturpa-se o sentido do que se quis dizer e facilitam-se piores interpretações nas reticências, além de arruinar-se definitivamente a pureza primitiva da ideia pelo embaraço e pelas interrupções. Lembre-se que o falso não pode agradar a Nosso Senhor e mais. Ele quer mais a oração rude, mas verdadeira, dos negros de Santa Efigênia do que o ouro roubado da minha porca côngrua.

Então, Zé Onofre procurou socorrer a visita:

— Vamos, reverendo! Terminemos para o café. Sim! Mas Lourival tem sua razão: quem poderia imaginar que o Antoninho, tão amigo do copo, tão afeito a noitadas, tão frequentador da... do... como direi? do sexo oposto. Afinal, reverendo, o rapaz saiu-nos um toreuta!

— Não seja besta vosmecê também, Zé Onofre! — padre Donato ralhou com o amigo que, também para se mostrar polido, arrebitava palavras. — Diga que o Antoninho trabalha bem e basta! Diga que é um artista como o pai... melhor que o pai, e não me venha com toreutas, sexo oposto, amigo do copo e outras sandices mais! Trate, por ora, é de jogar melhor que o café esfria e a comadre já chamou quinze vezes. — Rapidamente, moveu a última pedra sobre o tabuleiro riscado e colheu os dados no copo de madeira. — Gamão! E lá se vai o primeiro capote. *Ecco!*

41

Por esse tempo, o Aleijadinho conheceu Madalena.

O artista vinha das obras do São Francisco onde, por último, até dormia, na ardência de terminar depressa um pormenor mais apaixonante ou na eventualidade do pai (ora doente — que o coração já lhe ia combalido, conforme dizia padre Donato —, ora engolfado em outros serviços) não aparecer pela fresca da tarde, a saber do andamento dos trabalhos.

Durante o outono, que, então, chegava a termo, até os banhos, tão de seu agrado, eram abundantemente tomados aos dois e aos três por dia, sempre em fartas varrelas com sabão de cinza, dentro de grandes tinas que os escravos preparavam em qualquer socavão mais discreto da obra.

Foi no fusco de uma noite que o Aleijadinho viu a mulata arranjando o cadarço da anágua gomada alvinha, ocultando pudores no vão do solar de dona Tereza Ribeiro de Alvarenga, mãe de Cláudio Manuel.

A propriedade fazia frente com o Passo de Antônio Dias, e foi na descidinha pedregosa entre as duas velhas construções que os dois se falaram:

— Vosmecê não se fadiga de tanta labuta, não?

— E como a senhora sabe que eu trabalho demais? — perguntou o homem, de volta, evidentemente esfalfado pelas quinze últimas horas de duro labor.

— Dês que cheguei de Mariana, faz bem oito dias, só faço é ver vosmecê trepado nas ripas da igreja que estão fazendo. Tem tempo nem de beber água? Se eu vejo tudo, não é por mexericação nenhuma: é porque estou morando aqui pertinho, nhor, sim! Estou parada na casa de uma irmã que viuvou mês passado com um renque de filharada.

— E essa irmã...

Madrugada seguinte orvalhou frios na relva crescida por detrás do chafariz das Flores onde a água chorava limpinha em alcatruzes de pedra-sabão, aljofrando borbulhas geladas no fundo do tanque.

Às sete horas, já o sol lavava de claros alegres as combas corvadas da serra da Pedra. A meia encosta (a pedra lá em cima, pousando imponências), uma touceira de velosias engraçadas nas magras alturinhas de suas canelas-de-ema, balançava tranquilidades na brisa verde ainda.

Então de dentro de um tufo engordado em macelas floridas, fragores extintos, silêncio nos lábios, sossego nos passos, o Aleijadinho e Madalena saíram para a glória de um dia novo, separado no calendário dos dois.

Vinham esquecidos de suas canseiras; reconfortados pelo descampado do amor exaurido, exaurido nos coitos; renovados pela inocência daquela manhã insaciada de luz e de vento.

No canto da Lapa, apartaram-se sérios, sem mãos nem adeus, lassos nos cios, Madalena ajeitando (que tempo foi pouco das posses sobrado) os peitos miúdos, noite inteira marrados nos bicos rombudos de satisfação.

Nesse dia, ablegado de Mont'Alverne, um monte sumido nos sem-fins desse mundo, braços abertos em êxtases de chumbo, o São Francisco da igreja inacabada recebeu nas palmas das mãos expostas aos olhos dos corvos as chagas do Imenso Crucificado.

Enquanto houve claridade do sol o Aleijadinho trabalhou no grande medalhão, buril e maceta, ponteiras de ferro, escopro dos gênios!

À noite que veio, encolhidos de novo no sungado do amor, corpos lavados em infusões de descanso, o artista contou:

— Vosmecê é bonita, Madalena... — a aragem fina despenteava a relva de em volta. — Madalena, eu tive uma madrinha bonita também. Era muito alva... muito linda. Morreu, sabe? Chamava-se... Que importa mais? Vosmecê não acha que os passados não precisam de nome?

Madalena ficou olhando esbarro de fim. O troncho prosseguiu como num monólogo puro:

— Meia-noite já deve ter passado... se perdeu no tempo. Vosmecê escutou o Carmo? Que importa mais o que se perdeu no tempo? — os dois permaneceram deitados na relva úmida, olhos no negrume do céu onde apenas grossas nuvens rolavam na carreira, em direção aos longes do mar. — Sabe? Amanhã, quando vosmecê passar, bote reparo nos olhos do santo que terminei hoje. Repare na fachada, mesmo por cima da porta grande. Guardei inteirinho no meu São Francisco seu jeito de olhar, ontem, quando vosmecê estava dizendo que não tinha nada melhor no mundo do que o amor...

Barriga para cima, olhos nas nuvens, a mulata, gozando a umidade do chão nas costas nuas, não dizia nada. Estaria entendendo? E tinha importância entender?

— Mas, o que presta mesmo Madalena, é coisa sem tempo, sem hora marcada... coisa que a gente não sente quando começa nem sabe quando vai se acabar. — Com a constante de Tempo, Arte e Liberdade no pensamento, o escultor insistiu. — Vosmecê escutou o Carmo? Já deve ter batido uma hora... Vosmecê já percebeu como nós todos vivemos presos ao tempo? Percebeu como, sem querer, a gente sempre fala nele? Agora mesmo estava dizendo para quando vosmecê passar, amanhã, botar sentido no santo que acabei de fazer hoje, com seu jeito de olhar de ontem... Amanhã, hoje, ontem... Reparou?

O Aleijadinho estava triste, embora o amor:

— O tempo tira a liberdade do povo, Madalena. A liberdade é muito subjetiva... é como a arte! Vosmecê acha que são livres esses donos de muitas minas, de muito gado, de escravos fora da conta? Donos de datas de terra sem fim, terra que nem eles mesmos sabem onde termina... gado que nem eles sabem quantas cabeças têm? Não, Madalena, esses homens não têm liberdade porque, cada dia mais, ficam presos ao tempo, às vezes, na forma de mando, às vezes, na forma de ouro, mas sempre tempo... tempo... tempo... Esses homens nada podem criar porque têm suas horas marcadas para tudo: hora marcada no relógio da ambição material da vida, do ventre, dos sentidos... Até quando viajam, não apreciam o passeio... Viajam tão acorrentados a tudo como negro ladrão. Viajam cegos pelas carências do tempo... pela obrigação!

Madalena estava espantada:

— Home, sei disso tudo, não! Sei só conversa de vadiação, nhor, sim!

Mas o Aleijadinho não ouviu a interrupção da companheira. A mão passeando distraída pelos cabelos da moça, o artista seguiu em suas falas:

— Não há quem possa criar coisa alguma dessa maneira, menina; criar com dia certo. Nem que o prazo seja de um século! Arte e liberdade, Madalena, não podem ter começo preconcebido nem exato fim aonde chegar. São muito puras para isso. As coisas muito importantes também são como o amor: não podem ter cercas nem muros. Que diferença faz começarem ou acabarem em um determinado momento? Essas coisas, arte, liberdade, amor, por vezes, nem chegam a ser realmente principiadas... Contudo, existem e existirão sempre. E existirão com muito mais verdade do que as benfeitorias dos ricos e poderosos.

Madalena permanecia fixando as nuvens sarandas em baixas correrias.

De dentro do silêncio caído de repente, o arrufo da mulata abraçada ao peito do companheiro, abaulado pela deformidade congênita, elevou-se num sussurro:

— Larga disso, moço! Num puxa fundamento abrindo questão de falas solteiras que eu sei nada de liberdade nem de terras nem de coisa sem começo nem de mula sem cabeça nem de assombração de cemitério... Sei, nhor não! Sei é de descaramento... — e o murmúrio pediu no carinho das fomes. — Esquenta meu pé, aperta meus peitos, me cobre meu corpo que tá serenando e sereno faz mal nas horas fervidas.

Ao lado, um grande sapo-untanha largou-se nos saltos buscando uma poça na vala da estrada.

42

No talhe, o Aleijadinho ainda não havia terminado o medalhão do santo de Helena querido quando, uma noite, de cima de muito andaime (desde madrugada, ponteiras na pedra, martelo na mão; a lona esticada, do sol protegendo os membros peludos do artista irritado) viu Madalena, saia vermelha, agarrando apagadas vergonhas a um soldado perebento, recém-chegado na tropa dos Dragões, que trazia para os cofres da vila os tributos anuais da região de Malhada Grande.

O Aleijadinho atentou no casal subindo demoradas vagarezas em direção ao centro, entre o difuso amarelo dos ipês em flor.

— Buzungo de cabra! — o santeiro exclamou, já sem ira, do alto de suas tábuas. E, arredando o toldo para não estorvar a reta da vista, prosseguiu resmungando. — Enfim... está certo, cabritinha sem peia! Passou... És muito nova! Pra que desejar inteiro e para sempre um trem que, por certo, há de sobreviver às carradas o curto limite de nossa vida? Limite... E não é limite, essa palavra que mata a liberdade? A criação? Vai, menina! Vai para teu destino. Vai, sem se importar ou com a vida, ou com o tempo, ou com o amor, ou com a morte, onde o pior é a certeza que nos fica de que o mundo não vai se acabar conosco... É por isso, menina — e o Aleijadinho, já desinteressado do namoro de Madalena com o soldado das espinhas, principiou a falar para si mesmo, se divertindo com seus paradoxos. — É por isso, só por isso, que todos nós temos essa angustiosa necessidade de projetar nossa obra, ainda que seja um simples filho, e nosso nome pelas eras futuras. Se estivéssemos certos de que tudo terminaria no exato momento de nossa morte, não precisávamos ter tais vaidades. Mas, não! Mesmo nas eras que hão de vir, por mais longe que estejam de nós, sabemos que outros homens prosseguirão comendo e bebendo normalmente... Futuras árvores sombrearão futuros caminhos e agasalharão futuros pássaros... novos touros cobrirão novas vacas pelos alegres campos do mundo, tudo como se nunca tivesse existido nesta Vila Rica, no dia de hoje, um artista sobretudo grande e livre, criador de uma obra dura, essa mesma que os pósteros admirarão com respeito, obra de difícil interpretação, sem dúvida, como todas as grandes obras, como a obra independente de Deus! — O Aleijadinho meditou, consolado em cheio de toda sorte de incompreensões. — Obra que só vai rebater sua luz plena nos ecos do porvir distante, porque os focos encandeiam, vistos de perto. — E sentiu a sinceridade da comparação. — Quem entendeu o Sermão da Montanha naquele dia esplêndido? Quem, naquele tempo, sentiu todas as dimensões do Cristo-pregador? Até hoje, cada dia que passa, os homens não escutam melhor as palavras do Evangelho? Só a distância dá relevo às coisas singulares!

Nos quintais, mogorins assanhavam perfume de floração arretados pela vasta magia da lua grande.

Aos poucos, os namorados sumiam um corpo só na curva mais alta do rampiado de ganga quadrada, irregular na coloração metálica.

Ainda por muito tempo, o Aleijadinho ficou olhando dentro dos olhos a cabeça de Madalena ondeando largados abandonos no compasso do amor por sobre o ombro magro do soldado. Depois, borbotando novas e mais fundas iras, tornou ao trabalho violentamente, berrando orgasmos:

— Corno de santo! Igreja de merda! — e chamava nos desesperos pelo escravo: — Maurício! Traga-me café! Faça um café, moleque! Maurício, idiota! Tu não sabes que eu preciso de café? Muito café, filho da mãe? Onde te meteste, vadio! Tenho mais o que fazer, cachorro! Traga canadas de café! Café quente! Fervendo! Filho d'uma vaca! Vens ou não vens, escravo da peste?!...

Durante inteira a clara noite, os excruciantes batidos da maceta na cabeça do escopro alarmaram assombrações em toda a cercania.

43

E, por muitas noites ainda, a maceta diabólica percutiu securas, esmagando batidas sem fim, ricochetando pavores pelo de forro e pelas arcadas do templo medonhamente deserto.

Só morcegos voavam rasantes sombras nas sombras noturnas, ensombrando sustos trissados em todas as direções. Ao perpassarem os corpos silenciosos pelas tesouras do vigamento nupo, aterrorizavam em velocidades desalojantes pequenas andorinhas sonolentas, que esvoaçavam também, perdidas no escuro.

Fora, entre os agudos zimbórios das duas torres, a cruz de Lorena cortava no ferro o vento fininho da hora tardia fazendo agourento coro às risadas dos mochos em festa nos sapotizeiros das quintas vizinhas.

Encoberto pelo grande toldo armado dentro da nave para que ninguém pudesse vê-lo trabalhar, o Aleijadinho entremeava as pancadas do ofício com ejaculadas obscenidades:

— Maurício! — chamava. — Diabo! Traga-me uma caneca de água fresca da bilha! Agostinho! Atire uma pedra nessa coruja! Vá piar morte no cemitério, maldita! Agostinho, ali! Está ali naquele caibro! Veja-me já um bocado de café forte, senão não boto fora a noite! Suba aqui, Maurício, peste do inferno! Amarre com força este diabo de buril em minha mão, que a bosta dos dedos podres já me deixaram cair essa porcaria lá embaixo mais de dez vezes! — As marteladas prosseguiam soltas dentro da noite, sem ritmo; tontas como as andorinhas, rápidas como os morcegos, soturnas como os corujões. — Agostinho! Maurício! Peste! — e as ordens se atropelavam. — Afinal, aqui o escravo és tu ou sou eu? Não vês, desalmado, como me esfalfo... me mato? Não vês como trabalho mais do que um mouro para te sustentar, enquanto mandrias de bunda no chão e cigarro na boca? Comprei-te para quê? Para ser roubado, negro mofento? Quer que te mande meter num tronco, com gargalheira e bacalhau, ou preferes que te rache a cabeça, meu palerma?

E as batidas a se sucederem, as pancadas da maceta, as marteladas...

Satisfeito com a ordem lestamente cumprida, apenas sentiu o escopro bem-amarrado no pulso, o escultor martelou com força a cabeça do escravo.

Pardo Maurício, fiel como sombra, saltou num átimo de cima do coro onde recebera a má paga pelo serviço.

Indiferente ao sangue que principiava a ressumar do ferimento de seu cativo dedicado, o Aleijadinho berrou:

— Suma! Agora, desapareça até domingo, negro sujo! Vá beber sua cachaça com dinheiro que tu me roubas todos os dias de parceria com Agostinho, ladrões dos quintos! Só disso tu gostas! Tu és um miserável como o outro... como todos dessa porca vila! Só querem, só desejam, só pedem ao diabo pela minha morte. Bem sei! Anseiam por me ver de bucho pro ar, estuporado num caixão! Só — e as batidas recomeçaram a ecoar violências num afã impossível.

Já o escravo saía segurando seu ferimento com um pano a tapar-lhe a brecha da fronte quando, na porta, surgiu entre punhos lavados de rendas, plissados de holanda e calções de veludo, a inesperada figura do general Bernardo de Lorena acompanhado de seu sabujo ajudante de ordens José Romão.

— Ora, Excelência — vinha recriminando, com a energia permitida pela amizade, o nefando ajudante —, permita-me que o diga: isto são horas de visitar doidos? Já não vos bastou a noitada... a pândega?

— Não! Vou ver o Lisboa. Quero vê-lo!

— Voltemos, Excelência! É um negro! Nem fica bem... — O subalterno deixou no ar o resto da queixa, sem esconder a grande aversão que tinha ao artista.

— Que m'importa que o Lisboa seja preto ou amarelo? Para o que uma autoridade tem a ver, sempre são boas as horas, Romão. E depois, é necessário observar se o mestre anda precisando de alguma coisa... É um artista, não devemos esquecer disso, e artistas são como crianças, embora sejam quase deuses. Lisboa, por exemplo, merece toda a nossa...

— Merecerá algo mais do que pancadas, meu general? Esse tapacoá desavergonhado há de merecer algo mais do que chicote? — perguntou, agastado, o ajudante de ordens. — É um atrevido, isso sim! Um atrevidaço que nem guarda amizades nem conveniências. Abusa do capricho de Vossa Excelência, perdoe-me o classificar de capricho tal espécie de proteção... mas, a verdade seja dita: esse mulato é um doido. Um mal-agradecido. Um bruto, como o general acabou de ver.

— É um gênio, José Romão! Até o escravo maltratado sabe disso. Eis que nem se molestou com a pancada, não vês? Repara como vai risonho à vadiagem que o amo lhe recomendou!

Ouvindo o burburinho dos visitantes, reconhecendo pelo timbre duro a fala do protetor, o Aleijadinho tornou a erguer rápido a barra do toldo para, lá de cima, de cócoras, lançar um jato de cuspo sarroso no meio da nave. Completando seu protesto pela interrupção, já oculto pela lona, emitiu violento arroto.

Lorena fingiu não perceber a zanga. Aumentou o volume da voz para ser bem ouvido:

— Boas noites, mestre Lisboa! Como vai isto por cá! Que importância lhe prende aqui até hora tão tardia?

A feia cabeça do Aleijadinho emergiu de novo para nova cusparada. Logo, o canto levantado da lona tombou em pregas, escondendo definitivamente o artista irritado.

Numa insistência bem-humorada, o militar ergueu a lona com força, de arranco:

— Pode-se ver o que há de novo escondido aí?

Apenas terminara a pergunta, Bernardo de Lorena sentiu o ruído seco da pesada maceta a tombar-lhe bem junto aos pés, quase o atingindo. Por pouco perdia a calma mas, contendo-se apesar dos pigarros de ódio de seu ajudante, prosseguiu fingindo não perceber a intenção ultriz: tomou o instrumento do chão, pelo cabo, e subiu pelos andaimes com o vagar da meia-idade:

— Cuidado, mestre Lisboa! Por quatro polegadas, me atinge a cabeça!

O Aleijadinho apanhou a peça devolvida entre resmungos e insultos.

— Caramba! Estás pornográfico, amigo!

Então, sem outra defesa contra os importunos, Lisboa começou a castigar com a maceta a pedra de uma pilastra próxima, indisciplinadamente, procurando atingir os olhos da visita com as estilhas esvoaçantes. Vendo inútil o esforço, deixou-se escorregar pelas escoras até o solo onde, ridiculamente torto como um descomunal chimpanzé, berrou mais impropérios:

— Fora! Fora, diabos! Fora, cães imundos! — os dedos, atrofiados ainda mais pelo descontrole nervoso, baniam os impertinentes.

Depressa, Lorena se pôs a salvo do terrível ataque puxando o auxiliar, que, revoltado profundamente, exigia castigo exemplar para tanta incontinência:

— Só a cadeia! O calabouço! O açoite! Ora mais esta, meu senhor! Permita-me, Excelência, que o mate como a um... — No ajudante, crescia a fome de vinganças.

— Dá-me isto! — Lorena exigiu-lhe a espada já nua. — Proíbo-te qualquer reação! — e, já no adro, já resguardados da tremenda investida, recomendou mais. — Deixa-o, Romão. É um artista... Se Satanás lhe fala pela boca, Deus, certamente, obra por suas mãos! Não lhe toques, meu amigo! É sempre áspera a estrada do Belo! Nada de zangas. Agora —

e o general terminou conciliador —, vamos até lá em casa. Tomaremos um copo de moscatel, aceitas? E lembre-se que, aos séculos vindouros, aquilo que foi feito hoje, o que menos importa é o de como foi feito!

Muito paulatinamente os dois sumiram-se nos escuros da noite, deixando para trás os ásperos insultos a perseguir-lhes os passos, impotentes como cães vadios nas tardes caladas dos becos.

Só ao descerem a rua do Bobadela, os fugitivos toparam com o primeiro notívago nos desertos silentes da vila. José Romão reconheceu o vulto: três côvados de magreza curvados sobre enorme camisa de bragal e calções de fivela francesa sem mais de agasalho por cima, José Lobo Mesquita — o Mesquitana — vinha improvisando bocados de melodia em sua flauta boêmia.

Cruzando com os amigos (Romão ainda e sempre se insurgindo contra as audácias do Aleijadinho), o mestre de música cortejou-os sem interromper a serenata — agora, uma ária sacra — e lá se foi ladeira abaixo, rumo a São Francisco, em busca do amigo troncho.

Efetivamente, lá chegando, encontrou-o já amainado da recente rajada de fúria. Da porta, perguntou para cima, onde as batidas nervosas haviam serenado aos acordes de sua música:

— Lisboa! Como vai essa masturbação esculturesca? — Mesquitana arreliou com uma gargalhada rija enquanto enxugava o bocal da flauta num trapo apanhado a esmo.

O Aleijadinho arredou a lona:

— Vai como vosmecê com essa música desconchavada, selvagem maroto!

Subitamente, alegre com a nova visita, pediu:

— Espere, que já lá vou embaixo para dois dedos de prosa boa!

— Mais quisera eu que os dedos fossem de conhaque bom!

— Bêbedo!

— Reverendo!

Outra vez, o Aleijadinho largou-se escorregando o corpo grosso pelas ripas da escora dos andaimes, atravessadas por sarrafos dispostos nos arremedos de degraus de escada.

No chão, joelhos virados para dentro, buscou assento no batente da porta lateral onde Mesquitana prosseguiu em suas artes sonoras.

Durante um minuto, o escultor permaneceu encantado, ouvindo a flauta em variações sempre mais difíceis. Por fim, rompeu:

— É fato! Ouvindo-o tocar, sabe o que me veio ao pensamento, Mesquitana?

Ao fundo, num nicho já com a primeira demão de cal, um pavio aceso em sua griseta ambulava sombras pelas paredes num exagero de formas. O escultor falou:

— Avaliava eu que minha obra tem qualquer coisa de comum com sua música. Inclusive, não pode ser sentida muito de perto. Nem na matéria nem nos anos. As coisas que fazemos, examinadas na mão, ao contrário do ouro, não têm profundidade. Olhadas nos dias que correm ou nos que virão muito próximos já, perdem todo o significado... serão, apenas, borrões monstruosos de pedra ou de sons. Todavia — e o mestre falou serenamente — transbordam liberdade, e a liberdade, Mesquitana, é o que há de mais bonito neste pobre mundo de Deus!

— A liberdade, Lisboa, a liberdade simplesmente não existe nem no homem, nem nos bichos, nem nas plantas, nem nas pedras! E tua obra? Terminada esta igreja, com tua doença, embora não sejas velho, dás por terminada toda a tua obra ou pretendes mais quê?

— Tudo! Só descansarei quando... Ouve: ainda hei de criar, meu velho, criar, com estas mesmas gastas mãos doentes, pelo menos todos os profetas do Evangelho! — o escultor imergiu em seu delírio constante. — Os profetas, sim! Em algum lugar muito alto... não sei! Muito aberto! Os profetas de enormes barbas soltas na borrasca... Todos juntos em um descampado varrido pelos ventos... pelas chuvas torrenciais... Todos marchando rumo aos infinitos. Todos silentes, em pedra... Todos... Daniel! Baruc! Não sei... Não sei... Ezequiel... Jonas! Jeremias! "Eu choro a ruína de Jerusalém!" Naum! "A Assíria há de ser destruída!" Estou envelhecendo, sim, Mesquitana. Minha doença piora dia a dia. Meus pés... contudo, hei de criar os meus profetas para o infinito... até o infinito... Existe liberdade, sim, menino. Na pedra... Principalmente na pedra!

— Certamente! Certamente! É claro que tu hás de criá-los a todos numa beleza de sociedade. Todos juntos... de pedra... olhando uns para os outros, ao vento... à chuva... ao sol... Uns de pé, outros sentados patriarcalmente. Aos estrondos da Natureza, como tu dizes! Graças a Deus, Lisboa, existe ainda a vaidade a nos beneficiar neste vale de lágrimas: se não fosse a vaidade, quanta coisa deixaria de ser feita! Os teus profetas, por exemplo. É que nós exigimos o impalpável de nosso nomezinho gravado nas eras. — O músico sorriu perturbando a seriedade do tema. — Como consolo! Pelo menos como consolo de nossa efemeridade, desde que nosso engenhoco não consiga gravá-lo nos ouros do presente... e à tripa forra! De um bocado de ouro, até

Cristo careceu, Lisboa. Sejamos práticos! Não te lembras que um dos Reis Magos, certamente o mais objetivo deles, ofereceu ao Santo Menino um bom cofre de ouro enquanto os outros paspalhões levaram-lhe os luxos da mirra e do incenso? Vai aos teus profetas, amigo! Sairão coisa que preste, mas, antes de pensares no infinito, penses no irmão provedor... nos recibos! Que não te falte o senso como falta a modéstia!

— Vosmecê que o diga!

— É claro que devemos obrar com humildade embora com a convicção de estarmos fazendo o melhor — o compositor retomou a flauta.

— Vosmecê que o diga também, meu velho. Não foi assim que vosmecê compôs suas missas? Suas pavanas?

— Foi e não foi, mas o que interessa agora é um pouco de álcool! Tens o que para beber?

— Nada! Cá só bebe o Maurício. Queres compartilhar de sua garrafa ou tens preconceitos firmados?

— Bebo até na garrafa del Rei...

E a conversa variou o resto da noite, gárrula, feliz, sobre homens e sobre coisas, até rebater nos primeiros albores da madrugada que começou por acender uma vasta fogueira de luz por toda a encosta do Itacolomi distante.

44

Aproveitando a glória da manhã transparente como só acontece nas serras, o Aleijadinho (cadeira na rua discreta atrás do São Francisco; cigarro queimando gostosuras nos lábios gretados; lombo de porco cheirando perfumes no assado da panela) deixava-se penetrar por aquele claro-azul que se dissolvia, líquido, por toda parte, refrescando mais os olhos do que o corpo sofrido em labutas seguidas.

Muito rarefeito, o ar convidava a que se respirasse fácil o otimismo do Belo.

E, na rua:

— Bom dia, dona Quitéria! Como a senhora está bem disposta!

— É dos teus olhos, menino. É dos teus olhos!

— Salve, senhor doutor ouvidor! Vossa mercê hoje está que é um menino!

— É dos teus olhos, amigo boticário. É dos teus olhos!

E a brisa novinha levantava nos agrados da vida as folhas mortas que o outono tombava de leve no chão.

— Maurício! Enquanto não se apronta esse lombo, veja-me uma quitanda ligeira e venha cortar-me os cabelos!

Enrolado num lençol encardido, ainda mastigando o último bocado de broa de milho, o mestre se preparou para ouvir suas histórias prediletas. Manejando tesouras e pente com a modesta prática de um modesto meio-oficial, o pardo Maurício principiou contando um caso forçado nos acertos de fantasmas de negros aparecidos no Alto da Cruz, bem nas escadas de Santa Efigênia: — Gente de Chico-Rei, sô!

Terminada a aventura negreira, o cativo contou em sua língua arreliada, enquanto lhe aparava as sobrancelhas hirtas como pontas de arame:

— E teve, também, o causo da Matriz! — buscando agradar mais ao amo, fez a coisa render. — Foi na Matriz, nhor, sim! Meu pai, naquele tempo, era ainda moleque cheirando a leite. Foi numa noite sem lua. Diz que o sacristão escutou barulho de banco arrastado nas correntes de ferro e foi ver. Me diga, meu amo, e não era pra ver não?! O sacristão apavorou-se só do barulho. Diz que era coisa de mineiro matado por via de ouro nas faisqueiras... nas grupiaras! Um polista queimado no tabuleirão do Bom Sucesso andava aparecendo de alma penada pelos caminhos; pois foi desse polista que o velho se alembrou! Mas, não! O velho deu foi com um padre dizendo sua missa bem assossegado, bem na hora excomungada! Era meia-noite sim, senhor, que o sino bateu pra quem quisesse escutar!

O Aleijadinho interessava-se pela ocorrência impossível:

— Então era um padre de carne e osso?

— Encarnado nos ossos não sei dizer, não, senhor! Penso que não, porque, para a bênção, o velho Sazafredo, o sacristão que meu pai conheceu na pura amizade, descobriu no padre o falecido vigário do Pilar, um que gostava de ponhar quizila em povo jogador de baralho. Depois, o sacristão foi reconhecendo, um a um, todos os fiéis que enchiam a igreja até na balaustrada do altar. Era tudo gente conhecida demais, mas que, fazia tempo, tinha sido enterrada. Estava tudo de boca murcha, de olho afundado no meião da cara, cada qual com sua mortalha ainda suja da campa. Estava tão claro que Sazafredo viu os bexiguentos ainda com os lenços vermelhos com que tinham sido enterrados e os matados ainda com suas facas no bucho! Tava lá, meu pai contava que o sacristão tinha visto e até salvado com a mão, embora ele não respondesse, um emboaba da rua do Gibu que a filha, uma exposta nascida numa calçada de beco, matou de pau por via duns ouros escondidos...

A gargalhada do escravo saiu alegre, como se o fato não merecesse crença. Tirou uma baforada cheia do cigarro de palha que fumava com muita licença do mestre e terminou:

— Pois diz que o sacristão teve uma coisa lá nele, que só curou depois de muito suadouro, muito escalda-pés e muito semicúpio!

Apenas pardo Maurício havia terminado de proferir a última palavra, o Aleijadinho, subitamente zangado, arremessou com o lençol, fazendo cair a cadeira sobre o próprio espaldar:

— Diabo! Merda! Porcaria de escravo! Está ou não está pronto esse lombo amaldiçoado?

Era triste ver o artista arrebatado assim, cada dia mais intensamente, pela irascibilidade. Era triste vê-lo movendo-se já se a custo, os joelhos mais tortos, os pés mais inchados, o corpo mais troncho, mais curvado, mais sofrido...

Mais sofrido!

45

Quando o vento acordou rocio e principiou a misturar folhas secas no chão rosado de madrugada, só o vulto ruvinhoso do Aleijadinho subia os degraus das escadinhas de São Ivo, desertas nas horas.

Velhos telhados de lisas telhas-canal subiam também por toda parte. E, por toda a vila, urubus conformados encolhiam nas asas imensas matinas silenciosas.

Gola de cabeção de pano inglês azul-marinho, comprido até as canelas secas, o casaco de lã muito grossa quase atingia o cano das botas na exata forma dos torturados pés. De aba mole, o chapéu desabava preso à pelerine por grandes colchetes franceses. Livros das Horas no profundo bolso (iluminuras bávaras entre as páginas encardidas), o mestre, fazia pouco tempo chegado de São João del Rei, demandava a Igreja de São Francisco onde, desde setembro, tomara conta da obra inteira.

Com a bronquite do pai — a sua doença do coração —, com seu cansaço, sua velhice, ainda estavam longe de serem ultimados os derradeiros retoques internos do templo da família de dona Tereza Alvarenga.

A obra, com efeito, vinha atrasada, sobretudo agora, com a mesma inevitável perda de quase quatro meses na antiga Passagem, a povoação fundada em festas floridas por Tomé del Rei, lugar onde a piedade de um povo enricado no ouro do chão estava erguendo também um formoso templo ao Pobrezinho de Assis.

— E quem mais, senão mestre Aleijadinho, poderia aconselhar obra de vista em terra tão da soberba?

Verdade que conselho e auxílio só se deve dar a quem requerer, conforme dizia o velho pai Lisboa: do contrário, os trabalhos e as preocupações passarão a ser do enxerido, quando não, a má paga também, que, ao mal-agradecido, favor nenhum se deve prestar. Mas, no caso da Igreja de São João del Rei, houve pedido, houve encomenda e houve paga gorda.

Parando esforços da caminhada dentro da manhã surgida por fim, o Aleijadinho apoiou-se com dificuldade ao parapeito de uma pequena fonte surgida na coincidência do percurso. Mirou sem pressas o fio d'água correndo alegrias na bacia do chafariz: — Madrinha... Madrinha Helena! — Logo, pelo hábito da arte, buscou na lembrança dos olhos da morta uma inspiração bonita para um bonito rosto de Samaritana. Idealizava, já, a postura da mulher, as mãos segurando o vaso... uma ânfora, talvez. Idealizou a cartela com a inscrição latina.

Nesse instante, houve o voo inesperado de uma ave. O mestre atentou no voo.

Mais longe, rompeu de algum quintal o latido nervoso de um cão a desviar-lhe o pensamento.

Depois, o arruo de uma rês.

— A Samaritana... Helena, madrinha! Os olhos de Helena... — sem qualquer razão, apagando violentamente a ideia do quadro bíblico, o aleijado se exasperou:

— Vale a pena realizar uma obra? Não será melhor... muitas vezes melhor, um desgraçado esperar apenas, tranquilamente, embebedando-se pela manhã... esperar pelo diabo que o carregue... que o há de carregar, um dia, para as profundas do inferno!?

De súbito, principiou a resmungar mais alto, trincando nos despropósitos de sua voz extremamente grave a paz da cristalina manhã.

Cheio de fúria, arremessando o corpo disforme do parapeito do tanquinho onde corria a água fresca, bradou:

— Pústulas! Todos... Corja de pústulas! Ninguém passa de pústula! — Um bando de passarinhos levantou voo assustado. — Os homens... todos... as mulheres também! Pústulas!

Ainda cambaleante do impulso, desceu dois degraus, de costas, arriscando desequilibrar-se nos pés inseguros. Estacou azedando mais azedos rancores; fincou reparo de ódio no sol muito novo e exclamou sem destino determinado:

— Pústulas! — mas, inesperadamente, com a inconstância incrível dos grandes angustiados, sorriu. — Madrinha... — e muito mais sereno. — Madrinha Helena... — depois engolfado no turbilhão das paixões considerou zangado de novo. — Bolas! O diabo é que, às vezes, as pústulas brilham também, refletindo uma réstia de luz!

O gesto baniu na secura sem fim todo o envolvido rápido de seus tumultuados pensamentos... doridos pensamentos...

Só o boi, numa encosta de morro lá muito distante, prosseguia no seu arruo amoroso, chamando ausências.

46

1767. — Pingadas umidades do beiral caídas feriam as pedras do adro.

Chuva riscava tarde velha nas goteiras enjoadas enquanto o sino grande do Pilar, em largos molhados, rasgava dolências anunciando morte de branco.

— Foi pedindo uma água! — afiançou, explicativa, de dentro de seu xale uma vizinha bem-informada, vaidosa porque estava bem-informada. — Foi na porta de nhá Mundica, logo ali, junto à Intendência. Quando cheguei, ouvindo os gritos, ainda foi pra ver Mundica com a bandeja na mão que nem espasmada, o corpo rolando nos desamparos... Pode crer! Ainda escutei o derradeiro soluço daquele coração! Só eu e Mundica. Depois, só depois que chegou mais gente foi que eu dei fé da desgraça que tinha acontecido ao pobre do Arquiteto! Mundica contou! A coitada estava na janela comprando uma galinha quando viu o homem vir cambaleando nos passos, um lenço enxugando suor no vermelhão do rosto; pediu água, mas não quis entrar. Disse que não era nada, que tinha sido de uns biscoitos de araruta... Os biscoitos tinham lhe feito mal... lhe dado muitos flatos! E araruta pode fazer mal nem a uma criança mole? Não foi dos biscoitos! Mas eu, só pensando como levar a notícia à família... o aviso ao filho... Cruz! Me deu uma amolença nas pernas que...

— E o falecido? — indagou uma outra vizinha muito interessada no pormenor. — Vomitou araruta? Chegou sempre a beber da água pedida?

— Pois se eu estou lhe dizendo, dona Jesuína! — a informante recriminou a falta de atenção à sua história. — Não foi tudo obra de um momento? Tudo de estouro?!

Penando cada dia mais nos passos arrastados, o Aleijadinho entrou na igreja pouco iluminada para os ruços da tarde e achegou-se à grande essa onde jazia o corpo do pai. Vinha amparado por cativo Maurício mais pelo preto Agostinho, escravo hábil e inteligente, comprado fazia tempo, especialmente para ajudar nos arremates da obra da sacristia da Matriz (quando, para arreliar com os donos da terra, o amo modelou-lhe o nariz chatinho em um dos querubins mais roliços do grande lavabo).

O Aleijadinho atravessava, então, uma de suas mais fortes crises de dores e paralisia, odiosamente intermitentes durante toda a sua virilidade.

No decorrer dos últimos anos, era a quarta ou quinta vez que apelava para o auxílio de alguém para se locomover.

Dentro da nave, velando o amigo morto, conversavam muitos mestres artistas: Manuel Dias, fazedor de altares; Ataíde, arquiteto também; Arouca, o executor da Igreja de São Francisco, na vila do Ribeirão do Carmo, já cidade de Mariana desde 1745; o músico José Lobo, sempre com a sua camisa de bragal desabotoada, seus gastos calções de veludilho.

Encostado à balaustrada, Bernardo de Lorena esperava pelo amigo. Abraçou-o:

— Estamos tristes, mestre Lisboa. A Vila e eu. Lamentamos o nosso ilustre Arquiteto. Vim cumprimentá-lo pelo luto e transmitir-lhe...

— Fico-lhe muito agradecido, general. Foi uma honra para mim. Creia-me, sempre tive forte admiração, respeito e amizade ao nosso bom general, uma autoridade compreensiva... humana... Em uma palavra: justa!

O Aleijadinho fora delicado. Lorena afogou-se em sua modéstia enorme: sentiu-se feliz com as palavras amáveis do artista. Afinal — pensava —, um gênio lhe dispensava admiração... amizade... Sem conhecimentos profundos de arte, de escultura, sempre mantivera a convicção de que Lisboa era um homem extraordinário e que havia de deixar uma verdadeira obra a perpetuar a terra de ambos. Isso, desde menino!

Mais afastado, apoiando um cotovelo à cartela do canto da grade, padre Félix, outro filho do morto, explicava ao tocador de carrilhões, Henrique Dídimo, como ele também havia esculpido em madeira negra o São Benedito da Igreja do Rosário, o que lhe valera bons cobres a reforçar-lhe a côngrua minguada.

— E o irmão? Que disse da obra o Antoninho? — indagou o dos carrilhões, interessado na opinião do Aleijadinho sobre a imagem negra.

— Ora, que havia de dizer o Antoninho?! Conhece-lhe a vaidade, pois não? Disse que era uma perfeita bosta! Aí está! Que eu faria melhor em talhar carantonhas... senão melancias! — e apontou. — Lá está ele. Não há negar: é vasto!

Despedindo-se do general, o Aleijadinho abeirou-se do caixão e ficou olhando fixamente para o pai.

No altar da encomendação, velas estralejavam silêncios nos pavios que a má cera espevitava.

Encompridando contornos, as chamas balançavam sombras esguias nos ouros da parede. Outras imagens recortavam exotismo nos outros altares.

Redingote de pique, lenço amarrando morte nos queixos, as botinas novas presas pelas pontas por outro lenço branco, o Arquiteto parecia regressado aos passados, sem mais de sentidos, liberto de tudo, até do nome tomado de empréstimo na terra madrinha, em substituição ao de Antônio Pombal, do louvor português, por via de muito descarrilho na mocidade.

Junto ao teto, vadiando rápidas curvas dentro dos arcos, andorinhas triunfavam inquietações contra a inconstância do tempo que as impedia de sair.

De sobrepeliz e estola, monsenhor Nicolau de Barros Melo aspergiu suas águas por cima do cadáver, disse seu latim e retirou-se carrancudo. Na poterna da cripta, já quatro escravos da irmandade, vestidos de opa vermelha, esperavam ordem para o sepultamento.

Vindo a ordem, o Aleijadinho afastou-se por fim. Abraçado pelo velho mestre João, o abridor de cunhos da Casa Real, apressou-se a retomar seus maus humores:

— Sou-lhe muito grato, também, mestre João. Fico-lhe mesmo imensamente agradecido, mas... e agora? Pode vossa mercê me dizer como vai ficar o São Francisco, agora? As obras? — o Aleijadinho, subitamente rebelado, exclamou: — Daqui por diante, a porcaria do São Francisco há de ficar, inteira, em cima de mim! Quanto à arte, não! — ressalvou apressado. — Quanto à obra em si, não! Essa já é minha faz muito tempo. Mas, as contas? Os recebimentos parcelados? O cumprimento do contrato... a fiscalização... A imundície dos cálculos? — Agastado com suas próprias palavras, segurando sempre um botão da quinzena do professor, explicou sem opor mais represa à ira fácil. — A imundície dos cálculos? Tudo isso era com o velho. Até aqui, tudo isso era com o velho. Eu, para contas, para a administração, não dou! Todo mundo sabe que a irmandade é de ladrões. De falsários! — o dedo apontava para o Cunha Mendes, irmão provedor. — Os ladravazes hão de me roubar tudo, com a graça do diabo! Outra coisa não querem os biltres, os arganazes! Roubar-me-ão nas medidas, os salteadores, no ouro! Eu que o diga, que já fui suficientemente roubado quando da construção do oratório do Pilar. Deram-me ouro falso! Lembra-se vossa mercê? — enxugando o suor da exaltação inflamada, buscava o testemunho do amigo. Imprudente, alheio às conveniências, não mais procurava abafar o diapasão da voz. — Desta vez, não! Largo tudo! Vou pro Caeté... pra Mariana! Vou pras Catas! Está decidido: vou pras Catas Altas, onde o ouro brota da merda! — Ofegava, prometendo viagens. — Para o arraial do rio das Mortes! Agora, deixe-me vossa mercê! Agora vou rezar uma Salve-Rainha em intenção à alma do senhor pai. A verdade é que ele, o mestre das obras e avaliador dos feitos da fazenda do corno do rei, a estas horas, despido de todos os seus galardões, estará bem melhor do que nós! Esquecido de nós! Diabos nos levem que aqui ficamos nesta fresca terra!

Esvaziado o templo pela hora adiantada, amparando misérias às grades da nave (balaustrada que, só em paus de jacarandá, custara trinta e uma oitavas ao falecido), o estatuário infeliz fermentava mais irascibilidades:

— Fico sem nada! Hão de me roubar até o último vintém! Pagar-me-ão em ouro mais falso do que Judas! Tudo... — a voz, agora, era muito cansada. — É evidente... em ouro falso... Vida imunda...

Maurício e Agostinho aproximaram-se devagar, tomaram muito carinhosamente o corpo do amo e meteram-se, em silêncio, dentro da noite.

47

1768. — Caeté. Matriz de Nossa Senhora do Bom Sucesso.

Maurício ajudando na talha dos altares. Cativo Agostinho, na imagem da Virgem Santíssima. Na túnica de Cristo aberta em relevos.

— "Como o cervo sequioso, corro ao Senhor..." — "Aquele que beber de minha água..."

O Livro das Horas servia de modelo. A Bíblia servia...

— Cães! — a maceta saltando milagres das mãos. O escopro saltando... — Egoístas!

Cento e cinquenta e seis oitavas e meia... Oito vinténs de ouro. Valor recebido!

Só às noites, conversando com o escultor José Coelho de Noronha, velho companheiro e agora afiançado para a construção do Bom Sucesso, no que se diz cantaria (dezesseis mil cruzados), conversando arte pura; conversando sobre seus profetas que, um dia, haviam de se tornar magnífica realidade, o Aleijadinho sentia uma brisa ligeira de ventura; brisa doce como aquele vento selvagem que fazia balançar, em cânticos rudes, as copadas casuarinas embaixo, no vale enfeitado por milhões de pirilampos errantes.

1770. — Sabará.
Maurício ajudando nas obras. Agostinho ajudando.
— É o risco!
— É a empena... o retábulo...
A Tábua de Falópio. Estampas do *Opúscula anatômica* de Bartolomeu Eustáquio, do *Epítome*, da *Fábrica* de André Vesálio. Gravuras de Vignola, *Tratado das perspectativas*, Vitrúvio ilustrado por Goujon... Missais antigos... incunábulos...
Outubro. — Simão, o Carmo, o Cruzeiro, a Matriz... a porta chinesa que veio da China; da China importada...
— Negro sujo! — largando-se das costas do escravo Maurício que lhe servia de dócil montada para as distâncias menores, o Aleijadinho berrava. — Sujo! Miserável peralvilho! Madraço de Satanás!
Maurício era franzino. Maurício aguentava pouco peso no lombo estreito de homem malcomido.
Por isso, na feira da Baixa de Santa Rita, o escultor comprou angola Januário (vinte anos de idade, um quintal de músculos, duas arrobas de ossos largos, fora os miúdos e o tutano, vara e meia de peito cheio nas medidas, urutu de côvado).

Anoitecia quando da compra. Januário ficou triste. Dia seguinte, já no canteiro da obra, falou:

— Servir amo tão feio só podia ser castigo de Deus! Era melhor morrer!

— Feio? Amo feio, eu?! — de cima dos andaimes, o Aleijadinho ouvira a queixa. — Venha cá, porco do inferno! Vou lhe mostrar, peste ruim, o preço da beleza! — embora os pés doentes, saltou ligeiro para o chão, impulsionado por brutal desejo de vingança. — Vês estas mãos feias, descarado? Foram elas que fizeram aquele altar, viu? Vês, imbecil? Foram elas que fizeram aquele São Simão, viu? Vês? Foram elas que esculpiram estas grades... Foram elas que abençoaram muitos desgraçados e mataram muita fome, viu? Deram de comer a muitos famintos, vestiram muitos nus... Elas são livres, não conhecem os limites do tempo, sabem criar... podem criar! E hão de fazer ainda muita coisa e muito bem por sobre esta terra suja, moleque sem-vergonha! E hão de esculpir ainda muita beleza, negro descarado! Agora, siga-me, que vou lhe mostrar mais. Muito mais! Vou lhe mostrar o resto antes de te espancar até a morte, com estas mesmas mãos feias... horríveis... de homem horrível!

Entraram na sacristia, em caibros ainda não revestidos das ripas. Ante o olho obediente e passivo do escravo estourando pavores, o amo principiou a alijar toda a roupa do corpo hoorrrendo:

— Veja, canalha! Veja bem! Já viu? Sou feio mesmo ou sou bonito assim? Aleluia! — Súbito, virou-se. — Agora, veja-me pelas costas! Aleluia! Aleluia! Não sou mais bonito? — Cor de terra manchada, duros tufos de cabelos enroscavam-se por todo o baú disforme do aleijão. As coxas curtas, repelentes, muito grossas, nauseavam o pobre escravo, morto de medo e morto por se ver livre de tamanho suplício. As nádegas peludas, pendentes, como as de um monstro, davam arrepios de asco ao negro, que já ansiava pelo castigo, ainda que o mais cruel, apenas para saber mais próximo o fim daquela diabólica provação. Mas não! O Aleijadinho era inexorável no castigo. — Veja-me bem! Viu? Veja-me de costas — recomendava. — Não sou mais bonito ainda? Aleluia! Aleluia! Aleluia!

A bofetada quase derruba o negro, e o estalo, por muito tempo ainda, percutiu no interior deserto da nave, reboando vinganças.

Logo, já vestido de novo, o Aleijadinho grimpou, como um descomunal macaco, suas pesadas deformidades para cima das tábuas do andaime central.

— Dá-me esse balde. O gesso. A água! — ordem rompeu descasada do acontecido havia pouco.

Descasado do acontecido, Januário passou-lhe o material pedido no mais profundo respeito.

Desde então, e até o fim, nem Josias foi mais fiel a Jerusalém do que o bom gigante às serventias de tão singular proprietário.

Dezembro. — Catas Altas. Ouro puro! As mulheres vestiam-se de ouro. Baixelas de ouro! Maurício, Agostinho, Januário! Todos ajudando. Trabalho sem descanso. Dia e noite. Madrugada...

"Recebi... oitavas de ouro, procedidas dos jornais de mim e dos meus oficiais que trabalhamos nas obras..."

Lá um dia, um sábado, um domingo, os três escravos se largavam na cachaça. Nas mulheres, que, em Catas Altas, senhor querendo encher suas peças era o que não faltava... Quatro dias, cinco dias durava a pândega. O Aleijadinho não se importava. Lembrava-se de sua mocidade que fora assim. Pior do que assim! Não castigava seus homens. Aproveitava a ausência deles para trabalhar. — O crucifixo (foi preciso estudar pormenores de anatomia no corpo de Tuniquinho Marcelo, assassinado no jogo do sete e meio. Foi preciso estudar escondido, espantando a filha do morto. — Depois, se ainda tivesse a sustância de outros tempos, comia a menina...).

Em Catas Altas tinha também os serões com mestre Vieira. Em geral, a conversa entrava pela noite de quarta-feira, dia em que o pintor vinha fazer suas compras no centro. Vieira amigo. Vieira tão das artes!

Mariana.

— Raios! — o mestre soltou as rédeas do jumento, seu humilde adjutório para as íngremes subidas. — Inferno! — meigo adjutório nas pacientes caminhadas... E, para os moleques pirracentos:

— Lepra têm vosmecês nos cascos! Cavalos! Burros! Zamparina tem a mãe!

1771. Janeiro. — O chafariz da Samaritana! — Chafariz da inspiração de Helena. Helena perdida lá longe no tempo, lá longe nos anos que rompem galope nos dias, nas almas da gente... O fio d'água, manso como o jeito da madrinha... Os olhos da madrinha olhando os esbarrados da vida inteira!

Os serões com Luiz Pinheiro. Os serões sob a magia do luar. Bons, mas tão diferentes dos serões de Sant'Ana, da mocidade. Despropósitos do sexo. Coisas horríveis então, nas esteiras das sórdidas meretrizes.

"Medi o risco da capela... achei ter de comprido 24 palmos... ficando catorze livres até o Arco-Cruzeiro, na forma do risco... para nele se fazer o trono para o Santo, se carece de sete; para o Presbitério, ao menos seis... Vila Rica, 18 de março de 1771, Antônio Francisco Lisboa."

Foi por esse tempo, de volta a Ouro Preto...

48

— Nhor, sim! Meu nome é Narcisa. Narcisa purinho. Narcisa de quê, não sei lhe dizer, que só de Narcisa finado meu amo chamava por eu!

Foi por esse tempo, de volta a Ouro Preto, que, ao pé de Sant'Ana, o imaginário (já irmão-maior da Confraria de São José, título que lhe custou, em 1772, duas oitavas a serem descontadas do total que o tesoureiro do patriarca, alferes Araújo Correa, lhe devia do risco da capela central) quis saber mais coisas da mulata Narcisa, da boca rasgada num riso sadio; dos olhos de amêndoa da casca macia; dos braços compridos dos dedos sem fim; dos peitos redondos de açúcar queimado; dos cheiros do Congo nos banhos de Ogum.

Um acaso comprido juntou os dois no terreirinho cercado (por via das cabras vadias) onde, em um dos tumulozinhos derruídos pelo tempo, Helena madrinha dormia a sua noite grande.

— É como lhe conto, meu sinhô das estátuas, cativeiro pra mim se acabou que eu lhe conto: minha carta saiu, faz bem três sumana, que velho meu amo, morrido s'tro dia, matado de fogo, deixou nos papel.

— E hoje? Já que és forra por testamento, me diga: Que coisas fazes? Onde paras? Em casa de quem?

— Minha casa é só minha, no caminho de Cima, pegada à de Chico, coveiro da Ordem, e ganho vinténs meus doces vendendo no adro do Carmo. Vendendo, bem dizer, quando não dá calundu no padre vigário. Então, meu sinhô, boto meu tabuleiro no meio da rua mesmo e, tanto faz como tanto fez, merco minha quitanda que é coisa da boa, tudo feito com raspadura comprada no isso mais aquilo e foi mais assim...

Conversa não teve paradeiro que Narcisa era destravada de língua, destravada de sexo.

Os dois entraram pela noite conversando. Era outubro e o ano, conforme consta dos registros, o de 1775.

Principiando julho seguinte, nascia nos longes da Corte, para só chegar à vila seis anos mais tarde, de cadeirinha e liteira do rico padrinho, o moleque filho do mestre.

Paradas lembranças no avô, o menino teve por nome Francisco Manuel Lisboa, assim por inteiro, com caldo e bagaço e mais papel passado na legítima procuração pelo notário do Rio, Lavradio mandando de vice-rei.

E, se os fados ajudassem no agrado da fé, aquele molequinho da venta esparramada havia de se tornar, um dia, grande como o velho que o nome lhe dera; forte como o respeito que o Arquiteto plantara, depois de aportado nos vagares da idade.

Nessa época, Narcisa sumida pros sempre nas curvas da vida: "...e tu não me dizes adeus, mulher?", reclamou o Aleijadinho na hora do aparte. E a mulata, prenhe crescida bonita nos fartos: "Eu? Dizer adeus pra quê? Um dia, meu sinhô, já o fiz uma despedida. Senti demais, porque negra cativa também tem sentimento e sofre que nem povo branco. Fiz uma despedida, nhor, sim! Foi no leilão do Valongo... agora, me perdoe, meu sinhô, levo na barriga esse filho de vosmecê, mas não vou fazer outra despedida mais nunca na vida!" Nessa época, o Aleijadinho, já morando ao pé do morro da Queimada, bem por detrás de São João, num tugúrio sumido entre as pedras negras da serra, começou a fazer o chafariz monumental da sacristia de São Francisco, obra que comeu quase três anos de fina labuta e, se rendeu cem oitavas por junto, rendeu muita coisa.

49

Com a mudança do escultor para sítio bem mais distante da casa de Mesquitana, o músico, sempre objetivo e comodista, espaçou visitas, sobretudo para os almoços domingueiros de feijão com porco assado e pimentões do Cocho d'Água como só pretinha Antonieta, a nova e última mulher do mestre, sabia temperar no cominho de Pedro Lemos, na alfavaca cheirosa e no manjericão da folha estreita.

Em compensação, Lobo passou a frequentar mais as obras de São Francisco.

— Recados meus à rainha Antonieta! — recomendava, um dia.

Ou então:

— Homem! Por que não te satisfazes de uma vez com esta Fé? — apontava para o painel da frente em construção. — Já a retocaste mil vezes e, amigo velho, fé muito retocada não será nunca uma fé de verdade! Não obstante — concordava o musicista —, ainda não vi chafariz mais belo em toda a minha vida! Diabos levem!

— Não presta! — aborrecia-se o Aleijadinho. — Não presta! Nem esta Fé nem a outra! Nenhuma! A fé, em si, não presta, compreende vosmecê? Se ainda fosse a Caridade, já a teria terminado, e com louvor! Não sei por que não fiz o risco da Caridade... Atendi ao padre Couceiro e aí está!

— Foi uma caridade! — José Lobo riu-se, engasgado com o cigarro. — A caridade impressiona, eis tudo! Impressionou-te! Impressiona a todos. Usam-na, falsa é claro — ressalvou ainda tossindo —, sobretudo os embusteiros para suas trapalhadas! Sobretudo a praga da terra, esses grandes madraços que Portugal nos manda às carradas, com títulos ou com grilhões, não importa, mas todos ávidos por engolir o que encontram no caminho, como tubarões do ouro, sapos da honra e gafanhotos das benfeitorias móveis, imóveis e semoventes!

O Aleijadinho gostava de ouvir o amigo. Respeitava-o pelo talento e jamais o tratava por tu. Não concordava, porém, com sua afirmação quanto à terceira virtude teologal:

— Mesmo assim, tenho que a caridade há de ser, sempre, a maior das virtudes. Eis que a fé só fala ao Criador e Deus, Mesquitana, pouco ou nada precisa de nós. A esperança é bonita. Conforta, mas apenas à própria pessoa, um único espírito tranquilizado na sarça amarga da existência. A caridade, não! É, com efeito, muito maior! É um formidável bálsamo que cada um derrama não só sobre si, como também por sobre toda a miserável turba de seus semelhantes. Com sobra, ainda, para os bichos e para as pedras! Não importa que a usem algumas almas encarrascadas para seus feios embustes, para enganar e roubar, como diz vosmecê, a uma legião de incautos, como os nossos ingênuos e impotentes patrícios. A intenção do calomelano ou do sublimado não influi na cura, não é verdade? Se fôssemos esmiuçar as razões reais que nos levam a fazer algum bem ao próximo... adeus, homem! Lá se vai tudo o que Marta fiou!

— Não, Lisboa, ainda sou pela fé. A fé...

Inquieto já, deixando o buril resvalar nervosamente através da inscrição da segunda cartela, o Aleijadinho protestou, dando um tu acintoso ao amigo sempre considerado:

— Digo-te que não! Bolas!

— A fé... — com mais uma tentativa frustrada para conter definitivamente o acesso de tosse que não o largava, Mesquitana insistiu, arremessando o cigarro com rancor. — Olha que a fé...

— Irra! Se queres a fé vai-te à merda que não estou aqui para aturar...

Rebolando o corpo massudo ao longo da vasta sacristia, o escultor tomou o caminho da porta dos fundos, de supetão, esbravejando horrores, xingando sempre. Já com a mão na maçaneta, cuspiu seus ascos com estrépito pela contrariedade e, sem largar o onglete, saiu com o desembaraço que a saúde momentânea lhe permitia aos pés doentes.

— Vá tu, imbecil! — José Lobo aconselhou-o, sem raivas. — Isso! Faça dessas caridades às dúzias que, se o solimão não tem boas intenções, delas, em compensação, o inferno está calçado, estúpido animal!

50

Terminado o chafariz — penosamente terminado — com o dinheiro acrescido pela paga de uma vistoria requerida no risco da obra de Perdões, na Mercês de Cima (onde o mestre fora levado a braços por dois negros da irmandade, que a moléstia, com os primeiros frios do ano, voltara a dificultar-lhes os passos), o Aleijadinho partiu em companhia de seus três escravos e de dois meios-oficiais-ajudantes para os pormenores de carapina e cantaria, em busca de novos empenhos no Inficionado onde o ouro era tão puro como o de Morro Grande que, mordido no dente, brilhava seus vivos gemados na palma da mão.

Mesmo na reduzida distância da caminhada, penando jornada, o mestre se esgotava entre dores, embora os cuidados de Antonieta no preparo da roupa, do farnel; embora o carinho dos escravos, companheiros fiéis e prestativos para um tudo.

Em Cocais — lembrava-se o Aleijadinho com saudades, aos trambolhões da estrada — fora bem diferente! Tudo, então, fora mais fácil, mais leve. Havia menos idade e a saúde, melhor, dava-lhe mais disposição para trabalhar duro, para dormir... Aos trancos da montada, o mestre não apreciava a viagem. Lembrou-se, ainda, de Cocais: naquele tempo, tomava diariamente seus banhos de súlfur. Ótimos! De águas ferruginosas... Sem muito esforço, levantara a Matriz; indiferente às discussões causadas pela novidade das torres em diagonal, com arrojadas bossagens. Quinze anos já se passavam e as discussões não terminaram. Era em Vila Rica... Em Mariana... Na

Passagem... Em Santa Luzia, um padre quis mandar prendê-lo pelas torres! Quinze anos! — devaneava o Aleijadinho em cima de sua mula muito mansa. — E lá estava a Matriz de São João... a imagem do Batista fora sua primeira experiência em pedra-sabão. Ficou bem! Aprovou pedra-sabão que certamente havia de empregar, um dia, para esculpir seus profetas enormes, erguidos em algum lugar daquela terra vasta, imensa, sem fim: — Minas Gerais!

Finalmente, ao cair da tarde, a pequena caravana chegou ao Inficionado.

Logo após a ceia de forte cabidela com roxos vinhos do garrafão português (que, até lá, os acompanhou a bênção dos cuidados de Antonieta), o Aleijadinho se recolheu à igreja, para, ainda aproveitando-se da pouca luz do dia, iniciar seus fundos estudos.

Logo, também, sem perda de tempo, os ajudantes tomaram seus rumos na vadiação da chegada: os escravos sumiram negruras no vale distante de sórdidas palhoças e os auxiliares, Macário e Justino, de duros chapéus, buscaram, na sede de machos dormidos nas puras vontades, os biongos do centro onde nem careciam conversas de flores e falas ao luar para as urgências do amor de aluguel.

Dentro em pouco, a noite caía nos escuros do sem-lua.

51

Vento uivando nostalgias nas mangueiras assustadas anunciava tempo arruinado.

Agarrando desamparos a uma voluta inferior-lateral do altar da Senhora do Rosário, na igreja deserta sem luz nas candeias, o Aleijadinho, descasado dos companheiros, orava lamentos:

— ...nem é à toa, Senhora, que os homens aflitos invocam vossa poderosa intercessão sob os mais diferentes vocativos! Também, Senhora Auxiliadora, os homens tristes e variados...

O vento, loucuras penadas, gania desordens no alto das torres.

— Senhora! Senhora do Rosário, Senhora da Conceição... Senhora do Amparo; da Aparecida, pretinha também! Virgem puríssima! Porta do Céu... Senhora das Dores... das dores vermelhas de tudo que existe... de tudo que sofre... De tudo que sofre!

Cortadas penitências o vento soprava, agora, em fininhos agudos assobios.

— ...Senhora das Dores dos meus pés gretados, de minhas mãos doentes... das minhas dores!

Agouros constantes o vento cantava nas folhas escuras das velhas mangueiras.

Contudo, era bom ouvir o vento, lá fora, rezando suas inacabadas preces.

— Senhora! — o mestre pedia, na pedra agarrado, ruído em cansaços. — Dai-me, apenas vos peço, um morro selvagem... é tudo o que imploro, Senhora dos Angustiados! Dai-me um alto, bem alto, varrido por esse mesmo vento que risca nas matas criação e liberdade; que zune violências no tempo sem fim! Um monte varrido pelas tempestades! Dai-me, Senhora, outeiro encantado nas cordas da chuva... o outeiro onde eu possa erguer meus profetas sós, sob o tempo, como só é o meu tempo; só, minha arte; só, minha liberdade! Os profetas sozinhos como eu o sou também! Sozinho com minha doença! Bem triste miséria, Senhora, é a solidão!

O vento...

— ...Ajudai-me, Senhora minha, assim Deus me conceda esgarçados fios de vida, por Vossa Mercê, eu vos prometo levantar meus profetas, em grande concílio, nas asperezas da pedra-sabão! Todos em marcha para o infinito das horas, Senhora da Penha... Senhora dos meus profetas! Baruc, Ezequiel! — "...quatro cavalos surgirão das chamas!" Amós! Isaías! — "...uma brasa viva nos lábios..." Joel! — "...o mal que hão de trazer ao mundo a lagarta, o gafanhoto, o pulgão e a alforra!" — Senhora Mãe dos Homens! Senhora da Soledade...

— Da Soledade! — o eco dizia nas folhas do vento. — Soledade!

Na soledade de muito longe, de muito além do pico do Itacolomi, escondendo outono no esfumaçado do tempo, a proa imponente do Caraça rompia no gume de sua bonita faca de pedra um mar sem termo de nuvens em disparada.

A ermida novinha, não fazia cinco anos de levantada, vibrava sacudida pela procela na soledade daqueles ermos bárbaros enquanto, na direção do poente, relâmpagos rachavam fantásticas riscas no negrume da noite.

Lá no alto, um ermitão moço e fidalgo criava uma lenda nascida dos lusos velhos pátrios, lenda onde havia a sombra de uma linda mulher encarcerada para sempre dentro dos severos muros de um convento e a saudade deixada por um conde apenas adolescente, trespassado por vingativa espada num jardim todo em flor.

— Senhora Mãe dos Homens! Senhora mãe daquele ermitão poeta que deixou sua vida na espada que o ciúme perdeu e que foi morrer assim tão sozinho, olhando as névoas nas serrarias em noites de prata, cem anos depois!

E o vento... O tempo... A criação! A liberdade!

52

Em 1781, o mestre encetou sua viagem de regresso a Vila Rica.

Na rua do Bobadela, já o esperava o filho trazido da Corte por Bernardo de Lorena, em casa de quem o rapaz permaneceu até os 22 anos, embora o general tivesse morrido pouco depois da chegada.

Nessa idade, em 1799, casou no Pilar com Joana de Araújo Correa, a aparadeira da rua do Carrapicho, conhecida do povo por Joana Lopes.

Marceneiro de profissão, Manuel Francisco Lisboa era homem achegado a moléstias, daí morrer pouco depois das bodas, um ano se tanto, deixando viúva e sozinha, doente também, a boa Samaritana, como Aleijadinho gostava de chamar a nora.

Mas, naquele fim de ano de 1781, calhou que o pai, nas ansiedades da volta à casa, entrasse na vila durante as comemorações da Semana Santa.

Escuro já, o artista ainda teve tempo de ver o lúgubre cortejo do Senhor Morto quando a montanha, sem outra luz, fica pontilhada de mil velas acesas subindo íngremes penitências por entre os telheiros centenários.

Logo, cânticos monótonos sobem abafados envolvendo a paisagem. E, por onde vai a procissão, igrejas sombrias erguem as sombras compactas de suas sólidas torres nos mais variados planos do morro.

Vista assim, lampadários em luto, só mortiçamente iluminada pelas pequeninas chamas caminhantes, a vila inteira parece miniatura de um incunábulo da Boêmia. Então, pelas janelas abertas guarnecidas de panos e colchas rescendendo a canela pisada nas folhas, mais devotos elevam aos céus murmuradas preces em coro soturno de conformadas rimas.

Por fim, precedido do interminável cordão das filhas de Maria com suas cândidas fitinhas azuis, passa o andor fúnebre, galgando ladeiras entre os pálidos claros tremidos das tochas. Homens solenes levam a imagem exageradamente cadavérica de um triste Senhor em chagas gangrenadas, deitado em grande esquife de tristíssimos roxos-quaresma.

Encerrando a procissão, carpideiras afogadas em longos mantos negros miam, deliciadas, mórbidos responsos.

Chegando ao casinhoto de São João, o Aleijadinho afastou uma barrica com restos de coisas largadas no quintal; varou por uma brecha no mato crescido e empurrou a porta. Dentro, o mesmo abandono:

— Foi s'embora! Fez muito bem! — examinou os poucos trens deixados, tudo pouco... tudo pobre, coberto de pó. — Tá certo, Antonieta! É isso mesmo! — Na cozinha, apanhou sem sentido uma caçarola caída e permaneceu por longo tempo olhando a peça nas mãos, descuidadamente. — Definitivo, menina, só o infinito, a criação... Não obstante, estão muito certos aqueles que fazem os mais insignificantes nadas da vida como se houvesse a responsabilidade do definitivo. Se, por qualquer circunstância, a coisa é interrompida, pouco lhes importa! Houve a intenção e isso lhes basta. Mas, Antonieta, a mim não é dado agir dessa maneira; apenas posso empenhar-me a fundo, exclusivamente, na minha arte! O artista de verdade, menina, só existe em sua obra e, com ela, irá até ao fim dos séculos. Irá, é claro, se a obra foi realmente uma criação de um homem livre! — O Aleijadinho sentiu, mais fortes, as dores dos pés. Encostou-se ao fogão de pedra. — Quem sabe, Antonieta, vosmecê foi embora deixando uma intenção... levando uma intenção? Pena que Mesquitana não vai mais comer cabidela com pimentões, Antonieta! Antonieta...

Dias depois, o escultor partia novamente. Dessa vez, rumo a Sabará, onde havia de se demorar até meados de 1783. E demorar-se trabalhando dias e noites, às voltas com a modificação do risco do frontispício, execução da empena, talha dos atlantes, púlpito e coro; com as esculturas da sobreporta e outras menores; tudo, exatamente, como ainda hoje dizem os papéis da época, guardados que nem ouro na Igreja do Carmo.

A jornada foi feita a cavalo, como de costume, e, como de costume, acompanhada pelos escravos e por Justino, agora discípulo predileto nas esperanças puras.

— Deus sabe se, em Sabará, erguerei os meus profetas! — exclamou o Aleijadinho para Justino, a meio caminho do arraial fundado por Borba Gato. — Ou os faço lá, ou não os farei nunca mais em vida, que a saúde... a idade... Já começo a me sentir sem forças, Justino! Se eu morrer, é necessário que vosmecê levante a obra! Sabe vosmecê todo o meu plano... trace o risco, Justino! Em Sabará, com vagar, hei de dar-lhe uma planta do concílio... O que é absolutamente preciso é que os profetas sejam levantados na pedra!

Um dia, já em Sabará, o mestre precisou comprar uns paus de cedro: carecia terminar a majestosa grade do templo e, se calhasse vir uma peça à feição, no lote que Pedro Faria de Almeida ia fornecer na velhacaria, por nove oitavas e dois vinténs, havia de tirar um João da Cruz do tamanho e do gosto do São Simão, feito anteriormente.

Mas, quando o Aleijadinho foi mexer no baú das economias para o pagamento da madeira já na porta (os bois do carro ruminando esperas), deu foi com o fundo puro da caixa.

Nesse dia, ajudante Justino, discípulo predileto nas esperanças puras, fez foi gastar pataca em cima de pataca no bordel de Mariquinha Jordão, onde havia era dama do Caeté, de São Paulo, da Bahia, desse mundo, para ajudar cristão bodejador na trilha do mau caminho.

O tesoureiro da ordem, porém, arrumou a confusão: com novo adiantamento, o cedro foi descarregado, a grade foi terminada e a igreja teve, afinal, seu João da Cruz esculpido e encarnado.

Chegando o domingo, Antônio Francisco Lisboa perdoou o discípulo, perdoou tudo e assistiu à sua missa com o sentido nos seus profetas.

53

De novo, o filho da preta Narcisa, já com seis anos de idade, viu o pai tornar de regressão à Vila.

Com oito, voltou a abraçar o escultor que, para fazer o altar colateral de Santa Efigênia, no Inficionado, de lá voltou em 1785.

E voltou, para novas tarefas em Ouro Preto: e foi arremates em São Francisco de Assis... e foi a execução da tarja do arco — cruzeiro do Carmo...

Veio o ano de 1786... o de 1788, com amêndoas portuguesas, com nozes, com vinhos abafados... Em 1789, no dia de Reis, houve avelãs e passas... Houve rabanadas na saudade da terra longínqua. Só na Europa, a Revolução Francesa surgia como um acontecimento mundial.

4 de janeiro!

Era noite. Passava das onze!

Nos desertos da Ponte dos Contos mestre Aleijadinho discutia política mundial, reinol e colonial com Mesquitana.

Por último, o musicista andava escandalizando o povo, metido em uns safões cor de ovo e chapéu de dois bicos. Nem por isso, largava sua flauta de prata.

No solar em frente, apenas um gato pardo transia seus frios.

Quando o sino de São José bateu a meia hora, os dois amigos falavam de arte. Daí, a conversa marinhou para outros assuntos no sem pressa dos notívagos.

Naquele começo de ano, o Aleijadinho estava passando bem melhor de suas mazelas: haviam-lhe receitado, no batido de um zungu, banhos de tília... infusões de tília.

Mestre Lisboa, com isso, já tornava a andar sem o auxílio dos escravos.

— Quem acusa tem sempre seu interesse! — afirmou, dogmaticamente, Mesquitana, referindo-se à ordem dada ao intendente Pires Bandeira para ter tento nas denúncias por ocasião da derrama prometida.

— O Barbacena... — enveredaram, de novo, pela política, contra a política, sempre um releixo porco para os poderosos, patrícios ou lusos, tornarem-se mais poderosos.

Os artistas discutiam ainda quando, subindo para a rua Direita, ainda chamada Bobadela, surgiram cinco ou seis vultos embuçados.

Prudências atentas nos vultos, os dois suspenderam conversa.

— Serão pedreiros livres! — Mesquita exclamou, mas, logo, reconheceu o comandante dos Dragões, tenente-coronel Francisco de Paula Freire de Andrade e o cunhado, o moço Maciel, recém-chegado de Coimbra.

Vinham os dois seguidos de perto por Gonzaga, o velho Dirceu, perdido de amores pela donzela do solar dos Ferrões. O desembargador caminhava entre um alferes conhecido por Tiradentes e Cláudio Manuel, o poeta.

Cruzando com os dois, o grupo seguiu pela ponte e, como falavam alto, Mesquita ouviu o alferes, homem alto e de barba escanhoada, dizer aos da frente:

— ...se todos quisessem havíamos de fazer do Brasil uma grande nação!

Os embuçados vinham, por certo, da chácara do Cruzeiro e, se haviam dado a volta, foi para deixarem padre Toledo em casa da irmã.

— Não! Não são maçons — explicou o Aleijadinho, após a passagem do bando —, ou, se são, agora, pelo menos, não é a maçonaria o que os traz unidos! Apenas, disse-me o alferes, que não faz segredo disso, tramam contra a coroa! Querem a independência da Pátria!

— Também... Como fazer segredo de tal loucura com tanta gente importante metida na traça?

— ...andam induzindo o Barbacena a lançar imediatamente a derrama! Será a explosão do povo oprimido... O mal é que eles pensam que poesia adianta em política! Vosmecê já viu, Mesquitana, dono de terra se enternecer com beleza que não seja vinda do ouro em barra?

— De qualquer forma, Lisboa, será bom que a nação obtenha sua liberdade; suas fábricas... seus teares e salinas! Seu autodomínio...

— Será bom mesmo? Acredita vosmecê que a nação ficará melhor uma vez livre dessa praga de mandões portugueses? E, quando a Pátria ficar livre dos ladrões europeus, não cairá fatalmente nas garras do explorador nativo, muito mais ávido de peculatos porque, além de mais perto de nós, traz o exemplo e a formação de ancestrais cúpidos, maus, vingativos e mandões?! Pensa vosmecê, Mesquita, que esses nossos patrícios, os poderosos escravizadores de homens pretos ou brancos, deixarão o país liberto de Portugal em mãos desses sentimentais? — com o polegar atrofiado, o escultor indicou o caminho tomado pelos conspiradores. — Qual nada! Façam eles sua bonita revolução, libertem a terra, tracem seu futuro governo nas purezas de um sonho e os lobos tomar-lhes-ão facilmente a coisa das mãos inexperientes. Liberdade, Mesquitana, é trem muito subjetivo: não há liberdade individual, nem de homem nem de nação, desde que haja misérias coletivas. Por isso, nem os exploradores do homem nem os governos exploradores podem se ufanar de serem livres na expressão da palavra. Entende? O que é preciso, mas preciso mesmo, é que todos tenham educação e saúde para terem as mesmas oportunidades. Mas essas coisas só serão dadas ao povo pelo próprio povo e, assim mesmo, só depois de muitos anos... de uma eternidade!

— Com que então, o Lisboa é contra a independência?!

Os amigos começaram a andar para se recolherem. Passaram o solar onde o gato transia frios. Foram mais além. Só então o Aleijadinho respondeu:

— Eu sou a favor da liberdade. É isso!

54

Quando, em 1790, o conde de Rezende assumiu o vice-reinado, os geralistas sabiam que, embora suspensa a derrama, os impostos haviam de aumentar ainda mais. Isso acontecia em cada mudança de governo. Era regra geral, desde o conde da Cunha. Desde antes.

A diplopia gulosa da coroa dava motivos a que Mesquitana deblaterasse mais e mais livremente. O exótico músico não temia os Dragões (agora, sob forte comando português). Não temia coisa alguma! Fora um bem triste espetáculo a prisão dos conjurados; a partida de tão ilustre gente para a Corte, acorrentados mais na humilhação do que nos ferros; a morte de Cláudio Manuel, assassinado num poético recanto da Casa dos Contos, na suavidade da hora matinal — a casa roubada pela Real Fazenda ao infeliz contratador João Rodrigues de Macedo... — Mesmo tudo isso não calava o terrível libelo de Mesquitana:

— Portugal está nos espoliando! Urge reação! Tiradentes fez muito bem! Outros bravos virão!

E dizia nas ruas, nas casas, fazendo com que seus donos tremessem apavorados por delações, sempre comuns em dias anormais.

— Eu, se tivesse nascido com jeito para guerras... — o artista falava até com os escravos postos à venda no mercado de Santa Quitéria. — Infelizmente sou uma empada! Reconheço-me uma empada! Mas farei o Hino! Hão de ver... farei o hino da libertação!

Em 1792, a viajada cabeça de Tiradentes foi exposta no alto de um mastro, em frente ao palácio do governador, ao lado da cadeia pública. Mesquita delirou nas mais largadas iras:

— Até a casa lhe arrasaram, covardes! Dia virá em que lhe erguerão monumentos!

Apesar de guardada dia e noite, apesar da sentinela do palácio, aconteceu que, na segunda-feira seguinte, o mastro do escarmento amanheceu sem o venerável despojo. Nunca mais ninguém soube do fim que teria levado a cabeça do herói!

Como toda gente, Mesquita comentava o fato no Areião. Exultava com a história! Conversava euforias com o Aleijadinho:

— ...que, nesta terra, ainda há gente de coragem... Viva!

— Há — fez o escultor com mofa. — Há o Barbacena! Então, Mesquitana, vosmecê pensa que o governador havia de aguentar, só por amor ao poderio da rainha, aquele belo espetáculo? Imagine: uma cabeça apodrecendo empalada, corvos e mau cheiro, bem debaixo da meritíssima pencada, cada vez que Sua Excelência assomasse a uma sacada... — Pondo-se sério, prometeu: — Sossegue vosmecê, Mesquita, um dia ainda teremos a liberdade mesmo! A liberdade centrífuga do indivíduo, me entende? Por enquanto, vamos nos contentando com o gesto grandioso do alferes e, de certo modo, de seus companheiros... O Tiradentes, na verdade, fez sua parte lindamente! Pelo menos, a parte do sonho... da ingenuidade! Perderam os que esperavam pelo osso, se é que houve algum maganão que desse crédito à bonita loucura do rapaz... Em todo caso, achei bom a cabeça ter sumido. Provavelmente, estará sepultada, e a terra purifica, Mesquita, purifica tudo!

55

Na manhã do dia 10 de julho de 1794, na rua dos Perdões, onde, agora, o Aleijadinho morava solteiro, com Justino, seus escravos e suas mazelas, cativo Agostinho acordou com as pernas inchadas como dois pilões.

Às dez horas, depois de um escalda-pés e de um semicúpio, padre Romualdo, o dominicano que entendia de vísceras, chamado às pressas receitou um suadouro.

Na batida do meio-dia, o escravo piorou. O padre aplicou-lhe umas bichas, mas, no abatimento das urinas presas, o negro já não tinha mais impulso para viver! a sangria foi o último remédio. Aberta, a veia largou um sangue grosso que nem melado no ponto. Quando a tarde refrescou, Agostinho morreu.

Dia seguinte, deitado numa tábua com sua camisa branca, lavadinha de fresco, ainda cheirando a barrela, o dominicano levou-lhe o corpo, carregado por seis companheiros, para a Matriz da Conceição. Dois encapuzados do Rosário fechavam o pequeno cortejo rezando responsos a São Benedito, a Virgem da Aparecida e a Santa Efigênia.

Mas escravo Agostinho queria era largação de tudo: os olhos abertos na tábua do enterro, tão cheios de cores passadas, de fitas e brilhos; cachaças bebidas no riso das folgas, levavam pra cova os sonhos finados da terra mobica, das áfricas mortas nas praias banhadas de sol estourado, na pura vontade de um dia voltar.

O Aleijadinho chegou à quadra destinada ao sepultamento dos cativos. Chegou montado nas costas do vasto Januário.

Ajustadas aos joelhos pela arte do escravo morto, o mestre trazia duas grossas solas de couro, que os pés, atrofiados agora também nos tornozelos, quase não podiam mais manter o corpo em posição ereta.

— Adeus, rapaz! Descanse... Foste-me útil, leal... bom amigo!

De volta à casa, o escultor recebeu o recado. O papel dobrado em quatro vinha de Congonhas do Campo: irmão Vicente Freire de Andrada, o novo administrador do Santuário do Senhor Bom Jesus de Matosinhos, exigia, ali, sua presença para a urgente feitura de uns quadros que, a exemplo do que havia em recantos da Europa, a irmandade pretendia erigir na terra de Feliciano Mendes, o suave ermitão que conseguira do rei dom José todas as prerrogativas que deram origem à vila.

Irmão Vicente tinha uma alma de artista e sabia que só um homem, nas Minas Gerais, faria uma realidade da obra sonhada em noites de fé: os Santos Passos da Paixão, desde a última Ceia até a dolorosa Crucificação final, subindo o outeiro em ligeiras capelinhas:

— Eu preferia, Mesquita, que o irmão desejasse levantar os meus profetas — idealizava o mestre, naquela mesma noite, sorvendo, com método, seu leite de cabra.

— Quem sabe do futuro, Lisboa? Congonhas é lindo sítio! O lugar é bonito... o outeiro do Maranhão, onde está a ermida, é uma beleza! Tu conheces Congonhas? A igreja está num outeiro alto, plano, descampado, ao vento... à chuva... à borrasca, como tu almejas para a morada eterna de tuas figuras. Vai, amigo! O dia em que partires para mais essa gloriosa jornada será o início de tua sofrida imortalidade... de tua Glória! Far-te-ei um hino, não te esqueças! Um hino de arromba à tua criação! À tua liberdade! Far-te-ei o hino. Assim, fico devendo dois! Tenho já um prometido aos continuadores do Tiradentes...

Foi esse o adeus final dos dois amigos. Grande o músico! Enorme o Aleijadinho!

Nunca mais se viram: Mesquitana tornou às suas terras diamantinas. Foi com seus safões, cor de ovo, com suas bulhas, seus escândalos; o escultor, dali a dias partindo para Congonhas, imergiu-se anos a fio, sem descanso, em sua obra de todo o tamanho!

A viagem, embora relativamente curta, foi penosa. Cada dia que passava, era mais difícil ao aleijado fazer suas jornadas. Dependia já de todos, para qualquer movimento, ainda que os mais simples. Só mesmo a enorme fé depositada em seus sonhados profetas dava-lhe, ainda, algum ânimo para trabalhar... para viver.

O caminho, varando fazendas e povoados pitorescos, era bastante agradável: árvores floridas enfeitavam a claridade muito fluida dos dias de novembro. Mas, entremeando melancolias no passeio, os viajantes topavam de quando em vez, cruzes de madeiras que o povo erguia, toscamente, para marcar tragédias e desgraças de todo dia, sempre acontecidas em terras muito novas, colonizadas sobretudo pela aventura, pela cupidez, pela violência.

E as cruzes iam ficando para trás...

56

Irmão Vicente tinha efetivamente uma alma de artista! Apaixonou-se pelos Passos, pelo trabalho do Aleijadinho.

Já em 1796, a obra ia adiantada!

Na companhia do mestre, de seu discípulo Justino e de Luiz Pinheiro, pintor e conhecedor do ofício de encarnar imagens, o magnífico administrador teve divertidos recreios entre as largas horas de trabalho duro. Folgas espaçadas, porém, que havia urgência em terminar o templo, os Passos...

"Recebi do irmão Vicente trezentas e cinquenta e cinco oitavas e três quartos e seis vinténs de ouro procedidas da feitura das imagens dos Passos do Senhor, que vencemos, eu e os meus oficiais que trabalharam comigo neste presente ano. E, para clareza, faço este recibo de minha letra e sinal: Matosinhos das Congonhas do Campo, hoje, 31 de dezembro de 1798. — Antônio Francisco Lisboa."

Assim, terminava mais um ano de árduas labutas Começava 1799... Em dezembro, novo recibo:

"Recebi do irmão... eu e os meus oficiais... hoje, 31..."

Eram as últimas horas do século XVIII!
A passagem do século encontrou alguns amigos reunidos na sala ao lado da sacristia do Bom Jesus. Mas, antes de cair a noite, Justino saiu a festejar a data pelos biongos da rua de baixo, com rudes mulheres e muita aguardente. Depois, outras pessoas despediram-se também: o ouvidor de Vila Rica, que ali vinha a negócios, dois padres portugueses, o boticário...

Quando o alto carrilhão inglês, ao lado da talha de pedra, anunciou a memorável hora nas doze badaladas, apenas os três artistas brindaram o Ano-Novo com o aplaudidíssimo vinho da Madeira, vindo em barriletes especiais para Mãe dos Homens.

— Século XIX! Temos o século! — exclamou o pintor Luiz Pinheiro. — É verdade... quem diria?

— Que nos trará de novo o bicho? — inquietou-se irmão Vicente nas esperanças e apreensões do porvir.

— Obras! — afiançou o escultor. — Que as traga e quantas haja! Sobretudo se o irmão se resolver pelos Profetas! Agora, que os Passos estão terminados... Sim! Em três anos, dou-os todos esculpidos em boa pedra! Digo à irmandade que lugares para os erguer é que não faltam em Congonhas. E bons!

— Falta é ouro, Lisboa! A tesouraria está minguada...
Novamente, o anfitrião encheu os cálices:

— Reparem vossas mercês que isto é de chuchurrear! Deste, não apanham mais! — e foi dentro a buscar nova garrafinha.

Duas horas depois, Luiz Pinheiro, meio borracho, ainda amiudava brindes. Como fosse poeta também, improvisava-os em prosa e verso:

— Ao Lisboa! Ao irmão Vicente... Ao mundo! — logo, melancólico, abismado ante a efemeridade das coisas, cantou sua copla:

> *"Ano-Novo! Numa taça*
> *quanta ilusão dissolvida!*
> *É mais um ano que passa...*
> *Um ano menos de vida!"*

57

Madrugada zunindo seus ventos nos descampados, o Aleijadinho se despediu dos amigos.

— Já cá temos o século! Seja bem-vindo e que haja luz entre os homens. Dá-me, irmão Vicente, um último gole desse nobre vinho e eu me vou um pouco embaixo a descansar em minha choupana. Quero agradecer ao primeiro claro do dia, vistoriando uma última vez os meus Passos. Urge o estar-se bem com o século que, pelo visto, não teremos outro!

Rindo-se com a euforia dada pelo generoso Madeira, arrastou-se sobre os joelhos e tomou a direção da porta dos fundos.

Luiz Pinheiro, voz engrolada, lembrou chamar o preto Januário para carregar o amo nos íngremes da descida. Lisboa dispensou o auxílio:

— Se vai vosmecê, bêbedo como está, corre mais perigo do que eu. Desço bem! Pra que chamar o Januário? — aquietou cuidados no irmão que, também, fazia menção de se opor.

Quantas vezes, naqueles últimos anos, descera e subira o morro, escoteiro, arrastando-se em suas joelheiras, só arrimado na vontade... na arte?!

— Mas hoje o vento está furioso! Ouça... — advertiu-o irmão Vicente, examinando o tempo através da rótula. — Temos tempestade logo!

— Gosto do vento... da borrasca! — Quem demoveria o mestre de seus propósitos?

Saltando da silha onde, já na porta, terminara de atar suas selas, o escultor abotoou os colchetes de seu grande capuz, sorveu deliciado os restos do Madeira enxugados no fundo do cálice e arrastou o corpo grosso e troncho para a escuridão de fora.

Cerrando a porta rapidamente a se defender das lufadas incômodas, o administrador ainda escutou mais excessos de saudações vindos da noite escura:

— Venturas para o Ano-Novo! Para o século, meus amigos! Boa noite, irmão... Luiz, boa noite!

— Vá com Deus, velho teimoso!

Na altura do adro, atingindo já a parte fronteira à igreja, o artista surpreendeu-se: um enorme trovão ribombou loucuras no silêncio do pequeno planalto.

Lisboa não se importou com o trovão. Não se assustou com o temporal. Agarrando as abas do casaco, que drapejavam com força como se, arrebatadas, quisessem se desprender, chegou com esforço ao centro da esplanada.

Deslizando sobre as grossas joelheiras de couro, procurava avançar mais, quando, em busca de melhor caminho, ergueu os olhos e divisou, nas sombras, o vulto lúgubre das torres impávidas aos uivos do vento.

Benzeu-se ao tempo em que as primeiras bátegas de uma chuva fria fustigaram-lhe o rosto.

Parou satisfeito com a chuva. O vinho, repetido horas a fio na ventura da boa conversa mas no descostume da extravagância, dava-lhe, no descampado do alto, um calor bom e intenso vindo difusamente ou dos dentros do seu corpo doente, ou dos íntimos segredos da noite. O calor trazia-lhe uma agradável sensação de gozo, uma estranha vontade de ficar, uma nítida lucidez de meio-dia. O sortilégio do nascer de um século.

Realmente, por um minuto apenas, a noite escura e fria, enrolada sob aquela forte ameaça de temporal muito próximo, iluminou-se num prodígio inesperado, como em dia alto de sol festivo: outra tremenda faísca riscou o céu de lado a lado, deixando a descoberto, na claridade elétrica de um rojão chinês, todo o outeiro desesperadamente deserto, desesperadamente varrido em seus quatro cantos.

Esse novo e brevíssimo instante de luz difusa em azuladas cascatas, porém, foi o suficiente para que o mestre fosse tomado pela mais fantástica visão jamais suspeitada em toda sua longa vida. Levantando-se do chão em caprichosas curvas, pelo desolado outeiro começava a se desenhar ante seus olhos pasmos uma espantosa balaustrada de pedra.

Num prodígio de imaginação, como se aquela magnífica claridade persistisse fulgurante dentro do negrume da noite, em cada quina da grade aparecida, foram se erguendo, todos a um só tempo, os seus sonhados profetas. Erguiam-se, todos juntos, no eterno concílio tantas vezes planejado. Todos surgindo da pedra para as eternidades de uma glória, talhados na perfeição de sua arte enorme.

Tão nítida era a fantasia que Lisboa, agachado na lama, via nas lascas da verdade sua obra terminada até nos menores detalhes. Eram os vestuários bordados, as túnicas, os gestos (as cordas da chuva); as posturas, as mãos... as mãos de exatos dedos (doidas melodias no vento sopradas, assobios de órgãos doidos). Isaías! "...uma brasa foi encostada em meus lábios..." Jeremias... Baruc, os dedos separados! O polegar... a cartela... Os dedos sadios na mão agarrada... O braço do profeta! Ezequiel arremessando, das chamas saídos, os quatro cavalos na maldição evangélica... Isaías, do gesto supremo do semeador! Ali... Maurício! Irmão Vicente, pelas chagas de Cristo, deixem-me levantar meus profetas para a marcha desencontrada das horas futuras! Daniel! (a chuva...) Maurício, traga-me café! Mais café! (o tempo...) Daniel, o predileto! O sublime... Daniel! — os olhos do Aleijadinho enchiam-se de lágrimas... Lágrimas de ventura... de toda a felicidade do mundo! — Não importa o ouro, irmão Vicente! Só peço a mercê! Os meus profetas! — Antônio Lisboa erguia sua obra (o relâmpago eterno...). Terminava suas vastas esculturas! — Liberdade! Liberdade! — gritava nas quebradas do abismo... da loucura! Mais oito anos roubados à morte! Roubados pela fé nas coisas! Pela vontade de ser! Oito anos impossíveis de labuta impossível... — Mais café, Maurício! Mais... Daniel! Madrugada! Noite! O leão! Semanas... meses! Oséas! 1801. Oséas... E o Senhor disse: "Toma a adúltera e ela conceberá e dará à luz..." — Mãos para cima, o aleijado arrastava-se pelos altos desertos molhados em todas as direções, na aflição de seu delírio. — Amós! 1803. Maurício! Pedra! Mais pedra... Irmão Vicente... Justino! Justino, vai... viaje! Procure a melhor pedra das Minas Gerais... do mundo! Traga-ma! Traga-ma um carro cheio! Muito carros... A mão de Jonas erguida para cima. Perfeita. Rompendo trevas. — Embaixo, a lama encharcava-lhe as pernas mortas... o corpo troncho... A esplanada vibrava inteira nos caprichos de uma Glória! — Jonas! a baleia... 1804... Amós... Maurício, corre! Mais pedra! Amós! Naum! Ali! Ali! — gritava o mestre. — Abdias... — o escopro gritava na pedra. — *"Arguo vobis"* — a maceta gritava. — Daniel! A pedra! Abdias... — o indicador do profeta gritava apontando para o céu, erguido muito acima da cabeça nobre de nobre gorro. — Maurício... — o vento gritava... a escuridão... — 1805. Maurício! — a escuridão gritava. — 1806... Habacuc... — a mão mostrando as alturas. — "Canto a Ti, ó Deus!" O chapéu... as borlas! Naum! A imponência do porte! A chuva... a tempestade...

— Os meus profetas! Meus profetas, Madrinha! Os meus profetas!

58

Já viúva, a aparadeira Joana Lopes chegou a Congonhas para tomar conta do sogro doente e sozinho. Veio atendendo a conselhos de Justino, o discípulo.

Só a boa Samaritana — como o Aleijadinho a chamava — conseguia o impossível de fazê-lo repousar algumas horas no quente do dia. Então, Joana cuidava-lhe das mãos sofridas, lavava-lhe as úlceras com frescos bálsamos e dava-lhe de beber orchatas reconfortantes.

Nos pés, fazia-lhe massagens e, prodigiosamente, conseguia sempre alguma melhora.

Dias havia em que o mestre — fosse pelo tratamento, fosse pelo entusiasmo interno de ver o fantástico andamento progressivo da obra — subia ao outeiro para prosseguir esculpindo seus profetas sem a incômoda necessidade dos grossos solados protetores dos joelhos. Nessas ocasiões, subia pelos próprios pés calçados em botinas enormes, deformadas de propósito pela admirável nora.

Doido pela obra, assoberbado pelo receio de não a poder terminar, subitamente tomado de maus pressentimentos, nem sempre o escultor obedecia à sua boa Samaritana: tempos havia em que não largava o canteiro de trabalho nem para comer.

Acontecia noites em que, ali, também dormia, improvisando um leito de palhas onde, zelado pela ternura sem fim de Joana Lopes, descansava por momentos o corpo sofrido.

De um modo ou de outro, consumia sempre brutais doses de café quente, forte, muito... Bebia café a todas as horas, e Joana, boa, preparava-lhe a infusão, sempre com um pouco de mulungu para atalhar as ofensas.

Uma noite, já praticamente terminada a segunda encomenda dos profetas, os de cima, Joana percebeu que o sogro delirava, com uma ponta de febre:

— Aqui estão eles! Terminei-os a todos, sim, com a graça de São Francisco de Assis... de São Jorge! São seus! Todos seus... Não era assim que vosmecê os queria? Ninguém os faria melhor... com maior fulgor, não é verdade? Agora posso morrer. Vosmecê não acha que devo morrer? Que devo descansar de uma vez? Pouco me importa o resto do mundo... o que ainda possa acontecer. Eles ficarão aí para sempre... ficarão aí, embora nós não os vejamos mais em vida! Nunca mais...

Joana, procurando não interromper o monólogo que tanto serenava as feias feições do sogro doente, apenas ajeitou-lhe os travesseiros de pano grosso, apenas enxugou-lhe o suor que corria abundante e frio. O Aleijadinho prosseguia em suas absurdas falas:

— São seus! Seus, querida! Levarão o meu nome pela vida afora e, no meu nome, a sua lembrança... Voltarei para a nossa terra para morrer lá também, como vosmecê... Morrer como uma palmeira solitária dentro dos futuros... Vosmecê morreu como uma palmeira solitária...

Os olhos do escultor abriram-se, de repente, em enormes tamanhos, como se, dentro do abafado da alcova, estivessem vendo as suaves mãos da madrinha vindas dos passados muito distantes, cristalizados numa lembrança dorida de ausência.

59

Foi triste a viagem de volta a Vila Rica.

Na última curva do caminho, os viajantes pararam para uma derradeira contemplação do que ia ficando para trás: já quase havia encoberto para os definitivos, o outeiro, agora habitado festivamente pelo diálogo eterno na pedra do adro, enfeitava estranhamente a igreja terminada por fim (os sinos alegres bimbalhando nas torres. Os Passos fantásticos subindo do vale).

Junto à residência paroquial dos fundos, os retirantes apenas divisavam o pequeno cemitério onde ficara para sempre perdido o fiel Maurício, o escravo companheiro e prestativo. Maurício não tivera o vigor do mestre: cedera à grande lei e morrera em Congonhas, num dia bonito de sol esparramado que nem o de Angola, deixando a Januário, sozinho, o peso de zelar pela condução do amo.

Justino, o discípulo das esperanças puras, ainda estava com o mestre. Regressava, também, a Vila Rica em sua besta criada de baia que havia custado o preço de uma peça. Justino trabalhara bem nos Passos, nos profetas. Apenas, cada dia mais bêbedo, roubava o dinheiro da caixa geral, mentia com desembaraço, traía algumas vezes...

O que importava, porém, ao mestre cansado — e acima de tudo — era a visão dos profetas sonhados há tantos anos e, finalmente, erguidos na espantosa realidade da pedra-sabão.

Cheios os olhos, em forma de lágrimas, do magnífico panorama final, o mestre propôs:

— Vamos!

— Vamos... — Joana repetiu do alto de sua montada mansa.

— Vamos! — Justino concordou.

Então, Januário, indiferente à despedida daquele chão pisado no fio de tantos anos, lascou a chibata no lombo dos cargueiros e tomou as rédeas da mula que levava o amo inválido.

Rangendo os cascos sobrecarregados na areia fina da estrada, o cordão retomou aos poucos os transidos rumos do lar.

Diluindo-se muito devagar nos mormaços da tarde, sumiam-se as figuras cinzentas dos profetas impávidos nas horas... Daniel... Habacuc... Isaías... Amós... Naum... Naum!

60

Com o vice-reinado de Aguiar, em 1801, as coisas não haviam melhorado em Vila Rica.

Não mudaram, também, com o conde dos Arcos, cinco anos depois. Eram sempre taxas mais caras, insultuosos estancos, novas exigências, estúpidas dificuldades para o povo geralista. As proibições se sucediam, num progresso ridículo, até nas pretensões mais insignificantes de uma gente cansada de tudo.

Em 1808, veio o príncipe regente. Só então a vida melhorou, não apenas nas Minas Gerais, mas no Brasil inteiro.

E foi uma festa!

Os folguedos comemorativos às medidas gerais tomadas ainda na Bahia — como a abertura dos portos — encandearam a população de janeiro a abril do ano seguinte. Luminárias fulgindo liberdades prometidas encontraram o Aleijadinho morando com a nora em sua nova casa da rua Detrás de Antônio Dias.

Num vão da cozinha, como um velho gato, escravo Januário dormia despreocupações, inútil nos apressados gastos do tempo.

Senão realizado na vida — que um artista não é homem de se realizar nunca —, Antônio Lisboa vinha passando com alguma melhora de saúde e até de gênio. Já não era mais aquele homem brutal, facilmente irritável, de tempos idos. A execução real de seus profetas, por certo, havia contribuído bastante para o estado geral que tanto alegrava a nora triunfante.

No dia em que a Samaritana, provocando o levantamento de outros desejos de viver no velho sogro, perguntou-lhe pela obra de Congonhas, lembrando-lhe a beleza dos Passos deixados aos cuidados de irmão Vicente; indagando-lhe se não gostaria de rever os profetas na pedra vividos, tudo no agrado exato do desinteresse, o grande artista só fez foi dizer:

— Menina, os meus profetas têm suas vidas em separado! Têm seus rumos no Destino tirados... São de pedra... levam uma arte para as glórias que hão de vir! Para eles, o futuro existe no minuto que está vibrando. Por isso, não têm passados! O que passou, minha Samaritana, não existe mais para nada nem para ninguém... Não volta nunca mais! Mesmo para nós, que somos de carne, que temos saudade... Mesmo para nós, não volta! Se insistirmos em transplantar o passado para o presente, a coisa perde o sentido... se dilui e morre outra vez! Não verei nunca mais os meus profetas, minha Joana, minha Samaritana! Os meus idos Passos! Não verei os meus passados...

Durante muito tempo, o Aleijadinho ficou parado, olhando com seus olhos baços para um ponto muito longe na serraria distante. Depois, sempre olhando para fora, tornou a falar:

— Todavia... todavia, menina, sou feliz assim!

Joana Lopes, apesar de suas doenças, sérias também, fazia prodígios na assistência ao velho artista abandonado e só. De tal modo cuidava do sogro que, vez por outra, o velho já se largava em pequenos passeios pelos arredores. Gostava de subir até Mercês de Cima para ver a Vila nos aconchegos da noite.

Em melhoras conseguidas unicamente por um milagre de amor (que a aparadeira também tinha sua tarefa de artista a cumprir), o Aleijadinho já caminhava de novo sobre seus próprios pés, calçados com deformadas botinas sempre ajeitadas pelo carinho suave da Samaritana.

Um dia...

61

Nuvens temporãs andaram escondendo o pico do Itacolomi dentro de um fumeado triste.

Dia todo foi assim: embuçada nos mesmos bordados de umidade, a serraria inteira sumia o roxo de mil quaresmas onde a prata macia das embaúbas se misturava com rudes pontas de puro itabirito.

Abrindo para os sertões de Currais Novos, a estrada real vinha dos pretos da noite trazendo por idos sulcos um rastro tenebroso afundado no barro vermelho.

Eram pegadas trôpegas, sempre mais calçadas do lado de dentro, sempre tortas nas pontas onustas.

Na insegurança dos passos, o rastro sinuoso pelo cansaço que variava enfestando a largura do caminho. E, em rombas covas, não transversava compridas abesanas deixadas ao longo da estrada, riscadas tremidas pelos viajantes carros, pejados de um tudo.

Cada vez mais arrastadas, as marcas terminavam, por fim, no alto das Mercês sob o solado grosso de duas botinas enormes, rotas nos gaspeados sem atacas.

Mestre Antônio Francisco Lisboa tinha quase oitenta anos!

Por muito tempo, debaixo da garoa encorpada dos primeiros frios do ano, o mestre ficou olhando parado, oscilando o corpo nas dobras da capa negra. De repente, marrando brutalidade escoteira, os braços surgiram dos refolhos laterais e ergueram bem alto angústias machucadas:

— O cavalo de São Jorge! — tateando por seguranças impossíveis nos nadas da noite, o Aleijadinho procurou amparar-se. Braços abertos, dedos ficados de resto, precatados na busca aflita, resvalou o olhar vivo nas fulgurações da aura pelas pedras da rua.

Logo, de um dos bastiões do palácio do governador, rompeu um brado cavo de alerta da sentinela:

— Dez horas da noite!

Tentando montar no cavalo fantasma, o escultor rodopiou no ar e caiu de borco na lama do chão.

Aflita pela demora, Joana deitou um xale sobre os cabelos e saiu em busca do sogro.

Subindo Perdões, quase o pisa na escuridão da noite. Agachou-se para reconduzi-lo à casa, mas, ao ajeitar-lhe os braços tortos, reparou na mão disforme a escarvar a terra: os dedos comidos pela moléstia davam ao barro pagão a divindade de uma forma!

O Aleijadinho estava esculpindo laboriosamente uma pequena cabeça de Cristo na lama do chão.

Um gazeado de paz, transbordando pela ladeira, afogou a vila até lá embaixo onde os homens dormiam cansados de passadas, labutas, já esquecidos de todas as desgraças provocadas pela brutal cata do ouro tantas vezes sangrada em épocas mortas naquela mesma terra tosca e malsinada.

Ouro das bandeiras... 1704. Ouro podre do mascate Pascoal da Silva; ouro preto das minas enterradas debaixo da Matriz do Pilar... da Igreja do Rosário dos negros cabindas... 1720. Ouro fino, ouro em pepitas, de aluvião, ouro de enxurrada... 1735. Ouro das encostas e dos terrenos desbancados pelas levadas de água do córrego Tripuí... do rio Funil... 1753. Ouro das catas abandonadas pelos aventureiros partidos em busca dos diamantes... 1759. Ouro morto... 1808. Ouro...

62

Em casa, por fim, Joana agasalhou o sogro nas dobras de um velho cobertor, sobre as duras tábuas de seu leito pobre.

Zangada, ralhou, trazendo um pouco de chá quente:

— E vosmecê, idoso desse jeito, sem saúde, quer se finar por gosto puro no desamparo de uma rua? Sem um socorro nos frios da noite? Que sustos quer vosmecê dar à sua pobre nora, mais doente do que vosmecê, meu senhor?

O Aleijadinho não se aborreceu com a zanga. Tomou o chá com escarcéu antes de falar:

— Estás velha também, minha Samaritana, e aos velhos sempre é uma caridade dar-se-lhes umas tantas apreensões. Enquanto se preocupam com alguma ninharia, não têm tempo para pensar em suas próprias mazelas. Julgam-se ainda muito úteis aos outros, e ficam felizes com isso. A preocupação, podes crer, e não te abespinhes com o que te digo, é bom alimento para nós, que, afinal, já estamos bastante maduros para a cova. Sem elas, o que nos restaria? Só o melancólico bico de um rosário... não é mesmo?

— Embora... embora... — respondeu a parteira — eu preferia mais que vosmecê se deixasse ficar quieto em casa, preso ao bico do rosário, do que andar por aí, à noite, sujeito a um coice de um animal bravo ou até a uma mordida de um cão vadio...

Mas como, apesar de tudo, melhorassem as disposições do escultor, necessitou ele obter algum serviço para ganhar um pouco de dinheiro.

Na verdade, o Aleijadinho fizera bastante ouro com suas obras, durante suas viajadas atividades, mas a desordem com que, desde o começo, gerira seus bens; a excessiva caridade que lhe abria as mãos para dar exageradamente, confiantemente; os constantes furtos de que foi vítima, quer dos que lhe pagaram mal, até com ouro falso, quer dos que, maliciosos, o ajudaram como seus artífices: tudo resultou na indigência que o assolava nos últimos dias da vida.

Mas era preciso olhar um pouco para aquela pobre Samaritana, tão boa e, quem sabe? — às ocultas —, até fome passasse... E Joana andava bem doente também!

Resolvido a trabalhar de novo, o mestre mandou chamar Justino. O recado dizia que o passado não importava mais.

Que não havia mais dívidas. Havia (isso, sim!) o propósito de dividirem, meio a meio, o que ganhassem dali por diante. Com o respeito que seu nome de artista ainda infundia entre as irmandades rivais da terra, não faltariam boas empreitadas para os dois. — Terminava o bilhete.

Justino andava pelas ruas da vila embriagando-se, às tardes, nos biongos do Caquende. Quando estava sóbrio, ainda trabalhava no ofício e trabalhava bem, que o tempo aperfeiçoara-lhe o talho. Mas Justino, ingrato, não atendeu ao chamado. Não foi. Mandou dizer que estava velho, também. Cansado... doente...

O Aleijadinho se entristeceu com a recusa que lhe fechava a última porta para as últimas ações. Só disse na pura conformação:

— Há criaturas, minha Samaritana, que têm o coração semelhante a essas frutas que o vento derruba ou que são colhidas fora de tempo: secam sem amadurecer...

Os festejos de comemoração às últimas medidas do príncipe dom João (as primeiras, afinal, que vinham beneficiar diretamente a terra das Minas Gerais) encontraram o Aleijadinho pior de saúde.

A recusa de Justino o abatera bastante, causando fortes preocupações a Joana Lopes. Além de tudo, a saudade fermentava-lhe na alma:

— Como eram boas, minha Samaritana, as festas do meu tempo de rapaz! O jongo, os lundus, as noitadas! Batuque de derrubar uma menina numa umbigada só! — o riso ainda brotava nos tardios de uma alegria em meio-tom, nascida de alguma lembrança perdida no esfiapado do tempo. — Como era divertido isso... — sentado nas tábuas do catre, as gengivas engurgitadas, guarnecidas apenas pelos colmilhos gastos, amarelos, o velho terminou: — A velhice, minha boa Samaritana, a velhice é uma massada!

63

Um dia, em 1811, parou à porta da casinha da rua Detrás de Antônio Dias um homem alto, de chapéu alto; a barba toda loura aberta em leque; os bigodes tão severamente arrebitados na cera dos cosméticos que mais pareciam de louça.

Agarrado à bengala fina, da Índia, falou em sua língua extremamente arrevesada:

— Como vai passando, senhora? — dirigia-se a Joana Lopes. — Não! Não quero entrar! Fico-lhe muito agradecido pelo convite. Somente desejo saber notícias do artista. Apresento-vos a todos os meus melhores cumprimentos e votos de bem-estar. Obrigado! — e se foi, em anseios civilizados, pela ladeira acima.

A visita era o barão Guilherme de Eschwege, novo e culto morador da vila.

64

Não obstante o tremendo esforço da parteira para fixar as melhoras tão a custo obtidas para o sogro, foi tudo em vão. Com o pesado sacrifício de sua própria saúde, cada hora mais precária, a pobre mulher via o Aleijadinho declinar definitivamente, rapidamente, em estugados momentos, para a ruína total.

De nada adiantavam mais os chás, as novas drogas, os fortes unguentos. De nada adiantavam já as repetidas visitas de padre Romualdo a receitar purgas e clísteres; sangrias e conselhos tão ingênuos como seus métodos de cura.

Em maio de 1812, a cegueira, há tanto tempo esperada na promessa dos halos pardos em volta das pupilas, vinha afinal toldar mais um palmo da murcha felicidade do artista.

Desde antes, e agora definitivamente, o Aleijadinho voltara ao incômodo uso das solas de couro atadas aos joelhos. Por último, contudo, pouco se locomovia, castigado pela difícil posição. A abulia senil atirava-o, horas perdidas, dias sem conta, meses a fio, no duro catre, o corpo em chagas, embolado nos aleijões e atrofias progressivas, sob um mandrião de estamenha, uma carapuça de lã e calças de fazendinha, amarradas ao ventre mole por grossos cordões de muge.

A barba, sempre crescida nos raros duros pelos, dava-lhe um aspecto de cômica ferocidade.

Nessas ocasiões, mais depressivas se tornavam suas manifestações de vida. Apagavam-se todos os rasgos de vaidade, todas as reminiscências de sua força criadora, toda a sua ânsia de ascensão para liberdade. Não comia senão a custo de muita imploração de Joana ou do bom Januário, já tão inútil quanto o amo, cochilando sempre em lágrimas pingadas dos olhinhos miúdos pela fumaça do fogão.

Dias havia em que tão escasso era o cobre em casa que o caldo magro era feito apenas com uma paveia de couves.

Então, noite alta envolvendo os quintais onde, no ataque aos sapotizeiros, corujas assombrantes rasgavam agourentas risadas, a voz do enfermo levantava-se, inesperadamente, do silêncio da alcova em orações delirantes:

— Senhor do Bom Fim! Colocai vossos santos pés sobre as misérias do meu corpo, Senhor! Sobre minhas mãos... — Soerguido nas tábuas, olhos desmesuradamente abertos como a sorver as derradeiras visões terrenas, o mestre escabujava desesperos. — Onde estão os meus pés, Senhor? As minhas mãos? Os meus dedos?... Onde, Senhor? São Jorge! O cavalo do santo para mim! Quero o cavalo... Quero sumir nos futuros do mundo... para sempre... para... Meu São Francisco de Assis! — e para a nora, que atendia, pressurosa, mil paciências na calada noturna, o velho pedia: — Joana, minha Samaritana... Dá-me tuas mãos! Cobre-me com a tua caridade... Helena... tuas mãos... Tuas mãos... Madrinha!

Na aura, o escultor agarrava com força as piedosas mãos passivas da nora com a ansiedade das horas sumidas no ventre das eras.

Em ávidos gestos de extintas potências, chamava:
— Helena!
— Helena — chamava.

Chamava e sofria na quina silente dos frios idosos, na quebra dos idos remotos da noite que é volta comprida aos escuros do foi... Nunca mais!

— Era nos tempos de Além-Santana!... — pensava em delírio, se rindo depois. — No tempo dos furdunços de Quitéria Ximbé... Te alembra, Maurício? Maurício, onde estás? Foi no tempo em que a Madrinha agasalhava meus medos contra um mundo de ódios, nas noites de excessos...

65

Quando a madrugada de 18 de novembro de 1814 rompeu sangue e luz no pico do Itacolomi, com a indiferente beleza desperdiçada de mais um dia no infinito dos séculos, o Aleijadinho entrou em agonia.

— Foi... o outeiro! A chuva! Livres!.. os meus profetas libertos para sempre... Daniel... o tempo... a criação... a liberdade...

Enquanto o selo da morte encerrava-lhe a palavra, os olhos turvos da cegueira ainda guardavam o desfile silencioso dos dias vividos.

Nos perdidos distantes, a figura do pai erguia-se lentamente. Depois, vinha João Gomes... A seguir, Coelho de Noronha... Xavier de Brito... Sucediam-se as visões: João Lobo, barulhento. Suas roupas, sua música, suas risadas; preta Isabel, gorda, gorda... Lorena. A espada de Bernardo de Lorena... a sua amizade! Mais perto, em sublinhados planos, o mestre via a Igreja de São Francisco de Assis enrolando suas torres militares... os varandins laterais, a glória do arco-abatido!

No quartinho onde o primeiro sol penetrava pelas frestas da rótula, só a fiel aparadeira e o cativo Januário, na inocência dos seus desbotados, acompanhavam a extinção total da luz naqueles olhos findos.

Em rodopio, o vento levantava uma porção de folhas mortas no adro da igreja de Congonhas. Então, dentro dos olhos apagados do Aleijadinho, as folhas começavam a girar, redivivas nos lutos calados, por entre os enormes profetas cinzentos, taciturnos no soleníssimo colóquio de pedra.

Irmão Vicente... Luiz Pinheiro...

Ao cair da tarde, já o corpo ungido pelas canduras de padre Romualdo, os lábios do mestre se descerraram por um breve instante: teriam querido dizer uma palavra ou apenas pretenderam sorrir?

— Ezequiel... Jeremias... Helena! Daniel...

Logo, Joana segurou-lhe uma vela acesa nas mãos sem dedos, enquanto o religioso dizia o ofício dos moribundos ajoelhado ao pé da janela escura das sombras noturnas.

Escravo Januário foi-se ajoelhando, também, tardinho no esforço do amor:

— Nos'Sum Cristo garre nus braço meu sinhô venho mode amostrá pr'ele os caminhos do céu... Cativo veio carregô muito sinhô nus caminho da terra. Agora, pode mais não! Nem a idade deixa, nem os caminho do céu são de chão de vera!...

Longe, o colóquio dos profetas prosseguia nos rumos do infinito, com a indiferente beleza desperdiçada na efemeridade de todas as coisas.

Dia seguinte, antes do enterro na Matriz de Antônio Dias, Januário falou:

— Nhanhã Joana, cativo tem mais dono, não! Tá é sozim tombo da vida. Cativo veio tem mais serventia pra nada de coisa! Tem não, nhanhã. Inté berimbau di tocá musga, cativo perdeu... — os olhos apertados, pingando desamparos, pediram aflitos: — Nhanhã, por uma caridade, nhanhã qué sê dona d'eu?

66

Manhã graúda abria rarefeitas claridades de novembro pelos estreitos do casario.

No pisado chão que se largava em caminhantes progressos no rumo de Conceição de Mato Dentro, sapucaias de muitos palmos balançavam aragem entre as alegrias ainda rosadas da folha nova e o tardio desordenado das alvas flores grandes.

Lâmpada sempre acesa no óleo grosso da irmandade, o oratório da Senhora do Bom Despacho zelava tranquilidades em nicho público, afundado na quina do beiral do sobradão maciço.

Embaixo, no canto da rampa dos Paulistas, dois viajantes faziam hora para as vendas do costume. Falavam sobre a situação política agravada em todo o Nordeste com as seguidas carreiras republicanas:

— No Recife, a coisa arde! Na Bahia...

— Grande patife, o Montenegro!

— Do que precisávamos era de mais alguns Teotônios. De mais padres Roma! De mais alcanzias de pólvoras e chumbo. Isto — e o gesto abrangia tudo em volta —, isto, digo-lhe eu, só com a República! Não me venham com coroas e cetros; com condes e barões! Nada de novos gravames, de mais impostos e estancos e pulhas!

— Salve-se o príncipe! O príncipe é coisa boa! — protestou o mais magro. — Não falta quem diga que o rapaz anda metido até com os revolucionários. Contra o pai! Salve o nosso Pedrinho.

Além, subindo a rua, um velho apoiava cansaços a um forte cajado. Por um momento, os forasteiros interessaram-se no esforço do velho. Logo, prosseguiram na conversa:

— É verdade. — Desencostando-se do muro para não estorvar a passagem a um magote de beatas que desciam passinhos para a comunhão cotidiana, para apanhar a primeira missa em Antônio Dias, o que defendia o príncipe perguntou: — Dormiste sempre com a menina do Inficionado?

— Qual dormi nada! Tu nem calculas... Muito dama a ladina! Pois queria, nada menos, que lhe levasse o pai, na tropa, para o Rio de Janeiro. Que te parece?

— É de truz... é! E terminaste a noite...

— Passava já das onze quando, em falta de coisa melhor, agarrei uma patinha gorda, bem mais modesta. Topei-a no Pilar, encolhidinha, à saída da quermesse. Esta, que eu saiba, não dispõe de parentes com queda para viagens... Livra!

— Não tem parentes? Então, boa peça, a patinha? — indagou o do príncipe, o que negociava em drogas e especiarias. — Boa, a menina?

A resposta ainda não havia rompido da gargalhada devassa do que era pelos republicanos quando, lentamente, muito lentamente, sinos principiaram a dobrar na transparência da manhã.

De início, as badaladas graves e sonoras vinham do Carmo. Depois, ferindo levezas, Mercês de Baixo prosseguiu com muito destaque. Por fim, esparsos também, plangeram os dobres em solenes dos sinos de São Francisco:

— Diabo! Morreu alguém! — declarou o vendedor de panos, o que exigia a República, pondo-se subitamente sério. — Teria sido a louca? — e descobriu-se numa superstição.

— Pois morreu! Morreu ontem. Mas não foi a nossa pobre rainha que, com a graça de Deus, ainda vive... ou vivia, em julho, quando vim da Corte. Deixei-a com sua demência... com seus padres — o que falava, também tocou ligeiramente o chapéu para o respeito ao luto anunciado nos carrilhões —, o morto é gente daqui mesmo. Ninguém de importância. Morreu ali adiante, ao pé da casa dos ouvidores. Dizem que era um aleijado. Um que fazia igrejas, ou imagens, ou merda!

Os dois amigos ficaram olhando para os dobres soltos no ar. Lá em cima, o velho do cajado pelejava para atingir os altos da ladeira, enquanto as beatas, alheias à morte, quebravam presas no canto da botica que, em outros tempos, fora de Pedro Lemos.

Só os sinos prosseguiam soando pesadas memórias.

Então, o vendedor de drogas exclamou resumindo tudo num gesto amplo, de transitoriedade:

— Enfim, um doido! Que a terra lhe seja leve! Mas... a menina? A patinha? Conta: a patinha gorda...

Sobre o autor

João Felício dos Santos nasceu em Mendes (RJ), em 1911. Começou a escrever em 1938 e exerceu a profissão de jornalista por mais de quarenta anos.

Sobrinho do ilustre historiador Joaquim Felício dos Santos, o escritor é consagrado por seus romances históricos, nos quais retrata fases importantes do Brasil, como o ciclo minerador, a chegada da família real portuguesa, a Inconfidência Mineira, a Guerra de Farrapos, e resgata personagens que se tornaram célebres – Xica da Silva, Carlota Joaquina, Aleijadinho, Anita Garibaldi, Calabar, entre outros. Suas biografias romanceadas apresentam uma linguagem acessível ao grande público, sem perder a excelência no que diz respeito ao rigor memorialístico. Por sua força expressiva, os livros *Xica da Silva*, *Carlota Joaquina*, *Ganga Zumba* (premiado pela Academia Brasileira de Letras) e *Cristo de lama* foram adaptados para o cinema.

Também de autoria de João Felício dos Santos: *Ataíde, azul e vermelho*, *Major Calabar* e *João Abade*.

O autor faleceu em 13 de junho de 1989, no Rio de Janeiro.

Este livro foi impresso nas oficinas da
Distribuidora Record de Serviços de Imprensa S.A.
Rua Argentina, 171 – Rio de Janeiro, RJ
para a Editora José Olympio Ltda.
em abril de 2014

*

82º aniversário desta Casa de livros, fundada em 29.11.1931